Braquages

Christian Roux

Braquages

Roman

LE SERPENT A PLUMES

Collection Serpent Noir
dirigée par Tania Capron

Couverture : Christian Deloye

N° ISBN : 2-84261-312-0

20, rue des Petits-Champs – 75002 Paris
http://www.serpentaplumes.com

LE SERPENT A PLUMES

Pour Nicole

« Il n'y a ni bien ni mal.
Tout ce qu'il y a dans ce monde, c'est ce qu'on peut faire sans être puni et ce qu'on ne peut pas faire sans être puni. »

TREVOR FERGUSON, *Train d'enfer*

Prologue

Au nom du père

LE COMMISSAIRE DEGRAVE regardait la place laissée libre par le guéridon qui gisait cent mètres plus loin, parmi les débris d'une vitrine d'articles pour touristes. Il se demanda si son fils faisait partie de la bande de cinglés qui avaient transformé le bistrot en chambre d'entraînement pour rambos défoncés au crack, mais théoriquement non. Son fils détruisait efficace. Pour la millième fois, cette pensée qu'un jour il lui faudrait arrêter Petit Pierre traversa l'esprit du commissaire. Puis il laissa tomber. C'était un problème sans solution. Trop de données contradictoires.

« En fait, rien n'a été volé », songea-t-il en se concentrant à nouveau sur l'affaire des guéridons, « les choses ont simplement changé de place. »

– Donc, trois voyous, dit-il tout haut, à l'adresse du patron de café.

– Oui, deux salopards et une gamine qu'avait l'air de bien savoir les mener, répondit Henri.

La quasi-totalité du mobilier avait été saccagée. Un poing large comme un ballon de foot avait changé le percolateur en vieux chien qui bave : une sorte d'amas de matières d'où suintait un liquide brunâtre. Des tessons de bouteilles se noyaient dans leur propre jus et la maigre portion de sol que cette purée ne couvrait pas était occupée par la vitrine répandue en verre pilé, et par les chaises, transformées en petit bois pour l'hiver. Du flipper, transpercé par un guéridon, pendouillaient des circuits imprimés et des torons de fils électriques – à première vue, il avait tilté. La destruction s'étendait jusque dans les toilettes : les lavabos, les pissotières et les sièges avaient eux aussi été saccagés à coups de guéridon, apparemment l'arme favorite des vandales, et les derniers étrons laissés par des clients peu soigneux étaient répandus sur les dalles en céramique blanche. Ce carnage avait quelque chose de grandiloquent, de démesuré, et cette démesure faisait sourire le commissaire Degrave.

Henri, lui, était abasourdi. Il se surprit à penser qu'il aurait préféré être victime d'un tremblement de terre. Il se serait senti moins seul. Parce qu'enfin la question se posait : pourquoi lui ? Il continua sa description.

– Très costaud… L'un d'eux était très costaud. Il se servait de mes guéridons comme de battes de base-ball. Limite s'il ne les faisait pas tourner dans ses doigts… une vraie majorette !

« C'est ça, se dit le commissaire. C'est exactement ça. Ce qui ne tourne pas rond, là-dedans, c'est que ça manque de dimension humaine. Les objets ont été brisés comme l'auraient été des jouets trop fragiles laissés dans les pattes d'un gosse. »

Tout à ses pensées, il détailla la carte. Elle trônait sur le seul morceau de comptoir épargné par l'ouragan humain. Entrecôte maître d'hôtel, faux-filet sauce au poivre vert et bavette à l'échalote – probablement accompagnées de pommes de terre frites et d'une feuille de salade décorative ; plat du jour : petit salé aux lentilles ; dessert du jour : tarte Tatin chaude crème fraîche – précision qui tient du pléonasme. Le menu à soixante-dix francs comprenait une entrée variée (curieux singulier), le plat du jour ou un plat brasserie – saucisses frites, croque-monsieur ou madame, steak à cheval… –, un dessert ou un fromage et un quart de vin. Les viandes rouges proposées à la carte allaient de soixante-cinq à quatre-vingts francs, ce qui faisait tout de même cher le morceau de barbaque jeté sur une plaque en fonte et retourné deux fois.

– Pourquoi n'ont-ils pas touché à la cuisine ? demanda Degrave.

– Ils ont dit qu'il fallait tout de même me laisser de quoi gagner ma croûte… Enfin, *elle* a dit. Les autres étaient pas très causants. Elle a ajouté que, de toute façon, je saurais jamais ce que c'est que de rien avoir… Qu'est-ce qu'elle croit, cette gamine, que j'ai trouvé mon café sous un sapin de Noël ?

Il parlait au trottoir, comme si la *gamine* s'y trouvait encore.

– Merde alors ! C'est pas parce qu'on a trimé pour avoir c' qu'on a qu'on est un vieux con ! Cette racaille… Ils voudraient tout sans rien foutre, voilà leur problème. Il est là et pas ailleurs ! Et c'est tout simplement dégueulasse que ce soit un type comme moi qui paie les pots cassés !

Henri ponctua ses mots d'un grand coup de poing sur le bout de comptoir indemne.

– Vous avez fini ? questionna le commissaire.

Peu d'hommes de son âge avaient conscience que s'ils s'étaient « faits » tout seuls, il ne fallait tout de même pas oublier que c'était pendant les Trente Glorieuses. Le chômage ne dépassait alors pas trois pour cent et la vie à la cloche pouvait passer pour un acte philosophique – combien de spectateurs ont pu rire devant un Gabin goguenard cabotinant à outrance dans le rôle d'un clochard qui, l'hiver venu, collait trois baffes à un flic histoire d'attendre le printemps au chaud ?

Aujourd'hui s'étiraient les vingt-cinq désastreuses, le clochard n'existait plus, sa multiplication en avait fait une classe sociale dans laquelle on entrait à reculons sous le nom de SDF, et le jeune bourgeois ne vilipendait plus la société de consommation, il la priait de bien vouloir l'accueillir en son sein, et ce même au prix de sa propre exploitation. Le siècle prenait comme une tournure de foire à l'âme et il devenait bien difficile de faire des choix. Sans compter que des petits cons comme son fils tentaient de réduire le débat à la simple désignation de boucs émissaires.

Degrave s'extirpa de ses réflexions politiques.

– Qu'est-ce qu'ils voulaient, au juste ?

– Ce qu'ils voulaient ? répéta Henri.

– Oui... Ils ne sont tout de même pas venus tout foutre en l'air seulement en guise d'entraînement matinal, parce que leur salle de gym était fermée ou quelque chose comme ça ?

Henri se pinçait le lobe de l'oreille entre le pouce et l'index et tirait dessus.

– Vous n'allez pas me croire...

– Je ne suis pas là pour vous croire, je suis là pour vous entendre et constater. Alors, dites-moi, qu'est-ce qu'ils vous ont volé que vous n'osez pas me dire... Les bijoux que vous avez dérobés à votre grand-mère ?

Henri secoua la tête et soupira.

– Ma grand-mère avait ses chiottes sur le palier et habitait au cinquième étage. Il lui fallait plus d'une heure pour monter ses courses chez elle. Le seul bijou qu'elle possédait, c'était son alliance... Et encore, si elle n'est pas partie avec le doigt qu'elle a perdu quand elle travaillait à la mise en boîtes de sardines à Douarnenez !

Degrave observa un instant le cabaretier. La contrariété lui faisait plisser le front mais son regard était doux. Il n'avait pas dû rigoler tous les jours et le prix de la vie ne lui semblait pas inconnu, mais il avait l'air de vouloir croire qu'il ne vivrait pas forcément l'enfer avant de mourir.

– Bon, dit le commissaire. Je m'excuse.

Henri eut un pauvre sourire.

– Moi aussi, je m'excuse... J'ai dit des conneries, tout à l'heure... Je sais bien qu'on leur a pas laissé un monde formidable...

Il regarda Degrave et planta ses iris bien dans le fond de sa cervelle.

– Ils voulaient prendre une douche.

– Une douche ?

– Oui, une douche. La fille a dit comme ça que c'était pas parce que leurs portefeuilles ne leurs servaient plus que d'étuis à mégots qu'ils allaient se lancer dans l'élevage de morpions.

Degrave soupira.

– Vous sauriez me les décrire un peu plus ?

Maintenant, il n'avait plus peur. Son con de fils ne risquait pas de s'entendre avec une fille capable de sortir des trucs pareils.

– Le grand était vraiment costaud, dit Henri. Je sais, je me répète, mais c'était vraiment impressionnant. Il m'a fichu une sacrée trouille.

– Et à part qu'il était grand et très costaud ?

– Ses cheveux étaient bruns, coupés très court.

– Tondus ?

– Non. Coupés. Il avait des billes noires dans les yeux. Les autres l'appelaient Jack. Ils faisaient claquer son nom comme à l'américaine « Djack ! », ou un truc comme ça. Ce mec était très bizarre. Il répétait tout le temps vérole. Vérole de con, vérole fait chier, vérole de bar... il ne connaissait que ce mot-là. Il faut dire qu'il avait pas mal picolé... Ils avaient tous pas mal picolé... Ou alors, ils se remettaient difficilement de la cuite de la veille.

Henri sortit un paquet de cigarettes de sa poche et en proposa une à Degrave. Le commissaire refusa. Les deux hommes discutaient au milieu des ruines, comme si de rien n'était, et il ressortait de la situation un petit quelque chose d'incongru qui n'échappait pas aux passants tenus à bonne distance par deux gardiens de la paix. Henri alluma sa cigarette et en tira une bouffée avant de continuer.

– L'autre gars était plus petit. Le teint mat et les yeux très noirs lui aussi. Un peu le type espagnol... sauf qu'il avait aucun accent... Enfin c'est dur à dire : il parlait pas beaucoup... Paol, il s'appelait. Paol, c'est bien espagnol comme prénom ?

Le commissaire acquiesça.

– Et puis la fille... Sonia. Un peu... un peu Paulette Goddard dans *Les Temps modernes*, vous voyez ? Mais sans espoir. Oui, c'est ça : la même rage de vivre mais sans espoir. Complètement sans espoir... C'est quand même dingue... Tout ça pour une douche !

Le patron regardait maintenant les vestiges de son café. Il semblait un peu perdu. Le commissaire l'observait en silence. La cigarette se consumait toute seule dans le cendrier. Henri fouilla dans un placard dont les portes enfoncées gisaient au sol et en sortit une bouteille de calva.

– Celle-ci est encore entière, maugréa-t-il. Vous en voulez un coup ?

Degrave accepta et Henri remplit deux verres à ras bord. Le commissaire et lui trinquèrent, ils ne savaient pas trop à quoi.

– Au juste, pourquoi vous ne leur avez pas dit oui ? demanda Degrave.

– Vous allez rire : je n'y ai tout simplement pas pensé.

Degrave ne rit pas. Il aurait probablement fait pareil. Il y a des moments, comme ça, où on ne sait pas répondre oui aux choses les plus simples. Henri reprit la parole :

– Vous savez, je ne vais pas porter plainte... De toute façon, l'assurance me remboursera. Ces enfoirés, je les paye assez cher. Mais magnez-vous quand même de leur mettre le grappin dessus. Ces jeunes-là n'en sont pas à leur première connerie et si personne ne les aide à reprendre le droit chemin, ils n'y mettront plus jamais les pieds.

Degrave finit son verre et observa le patron de café un bref instant. Puis il dit :

– Et qui, sur cette terre, peut prétendre savoir ce qu'est le droit chemin ?

Au nom du fils

Abdelkacem avait d'abord regardé passer la manif sans trop s'inquiéter. D'une manière générale, les voyous qui profitaient de ce genre d'occasion ne s'intéressaient qu'aux magasins de luxe ou de TV/hi-fi. Quant aux casseurs, ils ne se mêleraient pas à la manifestation de quelques milliers d'infirmiers qui avaient réussi à prendre un peu de temps sur leurs maigres heures de sommeil pour défiler et réclamer des droits que d'autres corps de métier avaient acquis depuis plus de trente ans. Non. Les casseurs, dans l'esprit d'Abdelkacem, ne se mêlaient qu'aux manifestations de gauche et s'en prenaient aux mêmes cibles que les voyous sauf que leur but était politique. Une pure action d'intox qui consistait à faire croire que tout gauchiste était un révolutionnaire prêt à pendre le bourgeois – donc le Français moyen – par les couilles.

Qui irait croire que des gauchistes, ces salauds prêts à vendre la France à l'Iran, s'en prendraient à un épicier arabe ? Bon, un maire communiste leur avait déjà envoyé les bulldozers, à Vitry, mais ce n'était pas pareil. C'était une action concertée. On savait que c'était le maire. Et puis le parti communiste avait changé. Il avait fini par comprendre que les pauvres, en France, étaient plus souvent colorés que blancs.

Abdelkacem était donc assez content d'être resté ouvert et de vendre des fruits, des chips ou des gâteaux secs à la pelle et il s'apprêtait à s'envoyer un bon verre de thé à la menthe quand il les vit approcher : sept skins d'une vingtaine d'années ; dix-huit ou seize ans, peut-être, pour certains. Ils traversèrent la rue de la même démarche chaloupée et s'adossèrent au mur à droite de l'étalage de fruits et légumes en feignant d'ignorer l'Arabe qui les observait. Abdelkacem se demanda pourquoi ils restaient là sans bouger, à chantonner et ricaner, quand il vit apparaître le gros de la manifestation.

Des filles aux joues rouges et aux yeux brillants, perchées sur les épaules de solides gaillards, scandaient des slogans et chantaient à tue-tête. Des dizaines d'infirmiers et d'infirmières portaient sur un immense brancard un hôpital ouvert en deux, d'où sortaient des boyaux ensanglantés fabriqués avec des bandes trempées dans des litres de mercurochrome. Une grande seringue était plantée dans le malade, manipulée par un nain dont l'énorme tête ressemblait à celle du Premier ministre. Une bulle en carton sortait du sourire sardonique qu'arborait la poupée. Elle disait : « Je sais ce qu'il lui faut… »

Une fanfare suivait l'hôpital éventré, traînant derrière elle un cortège de milliers de braillards fatigués mais hilares. C'est au moment où elle passa devant l'épicerie en se déchaînant dans la dissonance que les skins sortirent de leurs blousons des matraques télescopiques et entrèrent en trombe dans le magasin. Abdelkacem eut juste le temps de se dire qu'il aurait mieux fait d'abandonner sa marchandise et de s'enfermer. Il fallut à peine trois minutes aux jeunes fascistes pour tout saccager et plonger Abdelkacem dans un coma dont il ne sortirait jamais. Puis ils s'enfuirent en courant, plus par excitation que parce qu'ils étaient poursuivis : comme prévu, personne n'avait remarqué leur manège.

Petit Pierre était heureux. L'euphorie due à un fort taux d'adrénaline dans le sang n'était pas encore retombée et son corps vibrait de bonheur. Il courait dans la rue, entouré d'amis qui riaient avec lui. Les gens s'écartaient sur leur passage et les regardaient avec une certaine crainte.

La puissance et la liberté. Qu'y a-t-il de plus jouissif ?

Le petit groupe arriva vers midi chez Günter, un bar suédois prétendument punk-rock mais surtout très extrêmement à droite. Sur ses murs s'étalaient les affiches de ces groupes pronazis qui sévissent sans entrave dans les pays nordiques. La déco grossièrement morbide et la tête du patron achevaient de décourager les non-initiés et ce bar ouvert au public affichait tous les stigmates du club très privé. Tout individu normalement constitué y entrait par erreur et en ressortait en courant, quand il n'était pas tout simplement chassé.

Petit Pierre alla s'asseoir à une table en compagnie de Dany, son mentor. Les autres faisaient au patron le récit de leurs exactions.

Alors que Petit Pierre était un peu malingre et devait encore tous les matins se tartiner la figure de cortisone pour dompter son acné juvénile, Dany se prélassait dans un corps mince et bien dessiné. Brun aux yeux bleus, il arborait un sourire enjôleur aussi agaçant qu'irrésistible et n'importe qui, en le voyant, aurait pensé qu'il était du genre à aider les vieilles dames à traverser la rue plutôt que les pousser sous les roues des autobus. Âgé de vingt-cinq ans environ, issu d'une famille de nantis qui n'ignoraient rien de son activisme, très sûr de lui, il n'avait aucun mal à fasciner des adolescents mal dégrossis, en quête d'un absolu qu'ils avaient la flemme d'aller chercher eux-mêmes. Il donna une bourrade amicale à Petit Pierre.

– On s'est bien marrés, non ?

– Tu parles !

– Alors, quand vas-tu te décider à nous rejoindre une fois pour toutes ?

Petit Pierre se tortilla sur sa chaise et but une gorgée de bière.

– Tu crois qu'il va s'en remettre ? dit-il.

– Qui, le bicot ?... Qu'est-ce que ça peut te foutre ?

– Non, rien... C'était pour savoir. Tu dois bien connaître ce genre de trucs, toi... Ce n'est pas la première fois que tu dégommes une crouille.

– On l'a mis sur le carreau. S'il se relève, il ne pourra plus nous voir sans chier dans son froc. T'auras qu'à claquer des doigts pour qu'il te taille une pipe... S'il y reste, bon débarras. T'as pas répondu à ma question.

– Je sais pas... C'est pas si facile.

– Pourquoi ? Parce que ton père est flic ? Au contraire, ça pourrait vachement nous servir !

– Vous servir ?

– *Nous* servir, j'ai dit *nous*.

Dany décocha son sourire le plus innocent et Petit Pierre eut soudain honte de lui. Il embraya :

– Et comment ça ?

– Qu'est-ce que tu crois ? Qu'on se contente de bouillie d'Arabe ? Non, non. Il y a des coups beaucoup plus gros qui se préparent. Moi, par exemple, j'ai un bon petit boulot de bourgeois mais qui sert vachement.

Dany était monteur. Il travaillait souvent sur des films que le Parti tournait pour sa propagande, le soir, en extra. Le patron de la boîte fermait les yeux du moment qu'on lui payait la location des machines.

– Comment ça ? demanda Petit Pierre.

Dany prit un air dépité.

– Je ne peux rien te dire… T'es pas assez engagé. Et puis je ne sais pas tout. Tu sais, la guerre, c'est comme ça. Partition des tâches et chacun son rôle…

– Dis-moi ce que tu sais.

– Laisse tomber.

Dany but un peu de sa bière et salua un type au bar. Celui-ci s'approcha et demanda :

– Tu viens, samedi ?

– Qu'est-ce qui se passe, samedi ?

– Les rosbifs viennent au parc avec une cargaison de hools tout neufs, des petits pédés qui viennent se faire démolir la gueule.

Dany se tourna vers Petit Pierre.

– Tu viens ?

Petit Pierre regarda les deux hommes sans répondre. Une vague lueur de crainte passa dans ses yeux. Dany l'observa un instant, d'un air légèrement dégoûté, et le type repartit au bar en haussant les épaules. Petit Pierre se força à parler.

– Je sais pas si je pourrai… Et puis, c'est vraiment nécessaire ?

– T'as la trouille ? C'est ça ? Tu mouilles ?

Dany ricanait, maintenant.

– Moi, la trouille ? Quand tu veux, j' te latte ! s'insurgea Petit Pierre.

Dany secoua la tête.

– T'aurais déjà dû m'en mettre une… T'hésites vraiment trop, pote. Je sais pas si tu feras jamais partie des nôtres.

Il se leva brusquement et sortit.

Le recrutement

I

LA PIAULE DE LOUIS PUAIT. Elle puait le tabac rance et le café oublié, le corps poisseux et le matelas humide, l'angoisse et l'incertitude, la misère et la peur… C'était une piaule de fortune aménagée dans un pavillon abandonné, oublié dans un recoin de la banlieue sud, et qui vivait ses derniers mois d'agonie. Un pavillon qui avait connu des cris, des rires, des larmes, des aboiements, des miaulements et même, il y a longtemps, des hennissements. Un pavillon qu'on regardait autrefois avec envie et dont le jardin s'ouvrait sur une forêt, mais qui se trouvait maintenant coincé entre un parking de supermarché et un échangeur d'autoroute. Un pavillon dont aujourd'hui n'importe qui dirait : « Jamais je ne pourrais vivre dans un taudis pareil ! », et c'était exactement ce que se disait Louis *avant*. Avant la dégringolade, la chute vertigineuse, définitive, une de ces chutes qui vous permet de comprendre, mais un peu tard, que seuls les portefeuilles également remplis peuvent rester amis.

Louis s'extirpa du dernier duvet qu'il avait ramassé à

l'occasion de l'enlèvement des encombrants. Il était un peu plus confortable que le précédent mais sentait encore plus mauvais – un mélange assez indéterminé de poisson, de pisse et de dégueulis. Néanmoins, maintenant, Louis en possédait deux. Il aurait moins froid l'hiver prochain. Ou plus exactement, il aurait une chance de plus d'y survivre.

Les ultimes et épisodiques gelées d'avril étaient à peine passées que Louis pensait déjà à l'hiver suivant. Cette saison le hantait. Il l'assimilait au sordide décompte que des journalistes à la voix d'enterrement se faisaient un devoir de tenir tous les ans jour après jour durant les semaines de grand froid.

Jusqu'alors, il n'avait connu l'hiver qu'emmitouflé dans des vêtements de circonstance, confortablement installé dans un appartement chauffé et, pour tout dire, en ce temps-là, sans vraiment l'énoncer, il trouvait presque indécent qu'on vienne importuner les honnêtes gens avec le devenir certes tragique mais pas forcément immérité des perdants du capitalisme.

Aujourd'hui, il pensait bien évidemment qu'il n'avait été qu'un sacré con, mais cet accès de lucidité forcée ne l'avançait guère. Il n'y avait aucune raison que sa situation s'améliore d'ici à l'hiver prochain, et ce baptême du froid le terrorisait comme l'avaient terrorisé les baptêmes de la manche, de la soif, de la faim, de l'humidité et de l'humiliation.

– Merde ! dit-il tout haut.

Il chercha son briquet à tâtons, alluma sa bougie de chevet et interrogea à voix haute son réveil.

– Quelle heure est-il ?

– Six heures, se répondit-il. Allez, on se lève.

Son corps répondit bien à l'injonction, même s'il collait un peu au duvet poisseux. Louis traversa la chambre et alla pisser dans un lavabo qui était encore fixé au mur dans un angle de la pièce. Il le rinça avec de l'eau de pluie récupérée à l'aide d'une cuvette dans la pièce d'à côté et troqua son pantalon de survêtement troué contre un jean sale et trop grand pour lui.

Un fond de café restait dans la casserole. Il le mit à réchauffer et entreprit d'écraser quelques cafards. Il faisait cela avec une certaine cruauté, aplatissant l'arrière-train des insectes qui agitaient alors désespérément les pattes avant, comme s'ils se noyaient dans le parquet. Puis, tout en observant l'agonie des cafards, il fouilla dans ses poches et en sortit un mégot qu'il alluma avec volupté. C'était là le seul luxe qui lui restait. Un luxe qu'il ne pourrait hélas bientôt plus s'offrir : le tabac coûtait vraiment trop cher. Il coupa le réchaud et se versa le café dans la tasse de la veille. Un pli amer lui tordit la bouche quand il vit tomber un cafard bouilli au fond du récipient.

Ces salopards ! Ils tenaient toujours leur vengeance. Toujours !

Louis balança la tasse contre le mur, enfila un camionneur mauve troué aux coudes, se coiffa d'une casquette en velours marron et sortit.

Il marcha un certain temps dans les rues avant de se rendre à la station RER la plus proche. Il était encore tôt et il espérait toujours qu'au petit matin quelque chose se passe. En tout cas, à cette heure-là, la journée n'avait pas encore eu le temps d'être désastreuse. Et de toute façon, les rames étaient bondées. Impossible de faire la manche. En fait, il se levait tôt plus par plaisir que par discipline. Il attendit dans la gare que l'horizon se dégage.

Le vieux René se tapait le coma éthylique qui lui tenait

lieu de sommeil le long du mur où les départs étaient affichés. Sa langue pendait légèrement et Louis se demanda si le vieil homme était encore vivant. Mais il ne bougea pas. Il s'en foutait. Un autre jour, peut-être, il serait allé voir. Il aurait touché l'épaule du pauvre type du bout du pied et se serait probablement fait engueuler. Mais là, il n'en avait pas envie. Au bout d'un quart d'heure, le vieux René bougea et rengaina sa langue. Louis sourit. Il avait bien fait de ne pas bouger.

Enfin il se décida, monta dans une rame et balança son premier discours, comme d'habitude accompagné de honte, vers 9 heures 10. À 10 heures, il se sentait déjà très fatigué mais n'avait déjà plus honte. Sa casquette s'était fait violer vingt-sept fois par des pièces et on a beau dire, on se résigne à tout. Il faisait beau et les gens donnaient assez facilement. Louis alla se payer un café et reprit le boulot presque sans amertume. Tout de même, il se demanda s'il était vraiment nécessaire qu'il débite ses conneries avant de se lancer une nouvelle fois sans plus se poser de questions.

« Mesdames et messieurs bonjour, et merci de bien vouloir m'écouter jusqu'au bout je ne suis pas un voleur je ne suis pas un fainéant je ne suis pas un poivrot je ne suis qu'un type de trente ans sans travail sans toit et sans famille c'est une mauvaise passe dont vous pouvez m'aider à me tirer en me proposant un travail ou un logement je peux tout faire plomberie menuiserie peinture travail de bureau ou diverses manutentions si vous n'avez rien de tout cela à m'offrir je vous demanderai de bien vouloir me donner un franc ou deux que je puisse me nourrir merci à vous. »

Voilà, c'était fait, il n'y avait plus qu'à passer dans les rangs. Beaucoup de gens fixaient leur attention sur les immeubles qui défilaient au-delà des vitres sales ; d'autres se plongeaient dans un livre ou un journal qu'ils ne lisaient pas deux minutes auparavant. Certains répondaient à la demande de l'homme aux vêtements fripés. Négativement, certes, mais répondaient. Les plus rares, enfin, laissaient tomber quelques pièces du bout des doigts dans la casquette miteuse. C'étaient une vieille femme trop maquillée, un homme pourvu de grosses moustaches, un autre en complet gris qui ne pensait pas devoir sa réussite à ce pouilleux… Jamais un jeune cadre, un punk ou une de ces midinettes à la frange moderne plus préoccupée de l'état de ses atours que de toute autre chose.

C'est alors qu'il arriva la chose la plus inattendue qui soit : un billet de cinquante sacs s'échoua dans la casquette de Louis. Un bon gros billet comme on en voit rarement, même quand on fait encore partie du monde des ayants droit.

Louis leva les yeux. Un homme de grande taille, strictement vêtu, le cheveu ras qui descendait bas sur un large front, le regardait sans aucune expression. Bon sang, qu'est-ce qu'on fait dans ces cas-là ? se demanda Louis. On embrasse ? On taille une pipe, à supposer qu'il s'agisse de ça ? On attend ? On se tire en courant, avant que tout bascule ?

Louis avait touché le fond depuis environ deux mois. Son corps ne présentait encore aucun des stigmates de la malnutrition, comme un certain empâtement, des boursouflures ou des rougeurs, et il était assez svelte. Ses longs cils et ses yeux verts, dont l'intensité était soutenue par une chevelure brun foncé, complétaient un tableau pas forcément désagréable pour une femme ou un homme désireux de se taper un mec facile et pas trop regardant sur la somme. Louis avait toujours évité de tomber dans la prostitution mais bon, il ne se considérait pas à l'abri de quoi que ce soit. Il décida de ne rien dire et de sortir de la rame. Après tout, le billet était en sa possession et il était hors de question qu'il s'en sépare. L'homme l'arrêta alors qu'il remettait sa casquette.

– C'est une avance sur un travail que j'aurais à vous proposer.

– Un travail ?

Plusieurs têtes se tournèrent ; non pas vers Louis, mais vers le fou qui osait proposer du boulot à pareil épouvantail. Gêné, l'homme fronça les sourcils et ajouta :

– Un travail discret.

Quand l'attention des voyageurs se fut détournée d'eux, il prit un second billet, le déchira et en tendit une moitié à Louis. Puis il murmura :

– Sortez dans trois stations, ça vous laissera le temps de réfléchir.

L'homme se leva et changea de wagon sans saluer le mendiant. Louis s'affala sur la banquette maintenant vide. Une telle proposition, présentée de cette manière, ne pouvait qu'être malhonnête. Et alors ? Il regarda la moitié de billet. Cette moitié était là pour lui dire que si elle et lui s'associaient, ils auraient des millions de petits enfants, il en était sûr. Et même si le travail était risqué, qu'avait-il à perdre ? Sa vie ?

Quelle vie ?

Une vieille dame s'assit à côté de lui. Elle dit :

– N'acceptez pas ce travail, jeune homme, je suis sûre qu'il s'agit d'une chose malhonnête.

Comme elle le sortait de sa rêverie, il répondit brusquement :

– Dis donc, la bique, tu crois que c'est honnête, toi, d'écouter les conversations des autres ?

Louis jubilait de voir combien la vieille était outragée. Il n'en était pas vraiment fier mais, ayant déjà retrouvé un peu de sa dignité perdue, il se plaisait à insulter une de ces personnes à laquelle il avait dû, peu de temps auparavant, demander la charité. Aussi conseilla-t-il en sus à la brave femme d'aller se faire foutre avant de changer lui aussi de wagon.

Assis en première classe, légèrement angoissé, il s'appliqua à compter les stations.

À la troisième, il descendit et balança sa casquette sur les rails. L'homme l'attendait.

2

Ce matin-là, Sonia s'était réveillée de très mauvaise humeur. Ce n'était pas une insulte ou un coup de klaxon un peu plus intempestif que les autres qui l'avaient tirée de sa torpeur, mais la poisse et l'odeur qui s'élevait de l'entrejambe de Jack et sur lequel reposait sa tête. Une odeur de chair moisie, de houblon macéré et de merde.

La veille au soir, Jack, Paol et elle-même s'étaient comme d'habitude effondrés n'importe où, pêle-mêle, abrutis par l'alcool et tout de même un peu par les gaz d'échappement. Jack avait réussi à faucher une caisse de Valstar et, si les souvenirs de Sonia étaient bons, il ne devait plus en rester une goutte ce matin. Elle avait raison, mais l'une des bouteilles s'était déversée sur sa tête et non dans leurs gosiers – l'un d'eux avait dû la bousculer en sombrant – et ses cheveux, en plus de gras, étaient maintenant poisseux de bière. Elle avait alors réveillé les autres en leur hurlant dessus, disant qu'ils n'étaient tout de même pas des porcs et qu'il faudrait peut-être songer à se laver un jour. Jack s'était étiré et lui avait demandé de se calmer. Paol avait approuvé avant de retourner à ses cauchemars. Comme à l'accoutumée, la situation promettait de ne pas évoluer, mais cette fois-ci Sonia comptait bien ne pas laisser tomber.

– On a qu'à aller chez Henri, dit-elle.

– C'est qui, ça ? demanda Jack.

– Le type qui tient le *Colvert*... À Raspail.

– À Raspail ? Vérole, mais c'est à l'autre bout de la ville ?

– Des collègues m'ont dit qu'il était cool. Que parfois, il arrosait la pauvrasse à l'œil.

– Là, tu commences à m'intéresser.

– Écoute-moi, grand con ! Moi, c' que j' veux, c'est pouvoir me récurer sans avoir à me tartir l'assistante de la Sécu et ses tickets de bain douche !... Tu sens pas comme tu pues ? Bientôt, les gens feront un si grand détour qu'ils se rendront même pas compte qu'on tend la main.

– Y z'ont pas besoin de ça pour rien voir, vérole !

– Ouais, ben justement, comme on est les derniers à oser se regarder, on pourrait peut-être essayer de s'améliorer le spectacle une fois de temps en temps ?

Paol, appuyé sur ses coudes, observait ses deux acolytes. Le soleil lui faisait cligner les yeux.

– C'est quoi, cette histoire de respect ? demanda-t-il de sa voix traînante.

– Y paraît qu'on pue.

– Y paraît rien du tout. *On* pue.

– C'est notre lot, vérole ! Tous autant qu'on est, on pue à qui mieux mieux.

– Eh bien moi, j'ai envie d'y changer quelque chose, à notre lot. Alors vous faites comme vous le sentez, c'est-à-dire sûrement fort, mais moi, je vais au *Colvert*.

– C'est quoi, ça ? demanda Paol.

– Une vérole de boîte qu'arrose à l'œil... On peut toujours y aller. Moi, c'est le gosier que j'ai envie de me rincer.

Et ils étaient partis tous les trois.

Mais ils avaient fait chou blanc. Henri leur avait refusé la douche. Jack avait commencé à s'énerver et avait d'abord transpercé le flipper. Sonia avait bien essayé de le calmer mais rien à faire. Elle avait fini par engueuler le patron, lui disant qu'il fallait vraiment qu'il soit con et qu'une douche lui aurait sûrement coûté moins cher que le carnage qui se préparait. En dix minutes, tout était détruit. Ce n'est qu'au bout de cent mètres que Jack s'était rendu compte qu'il tenait encore un guéridon à la main. Il l'avait balancé comme un vulgaire mégot de cigarette et le guéridon avait fini dans la vitrine d'un magasin d'articles pour touristes.

Maintenant, il était midi et ils étaient toujours sales. Paol proposa de retourner à la « maison ».

La maison, c'était un arbre sur les bords de Seine. Un endroit où ils se retrouvaient pour regarder le fleuve charrier ses monceaux d'ordures et parfois, mais plus rarement, pour prendre des décisions. Quand ils étaient assis là, ils ne mendiaient pas, ne buvaient pas non plus. Par contre, s'ils avaient des cigarettes, ils fumaient. C'était un peu leur chez-eux, l'endroit où ils soufflaient ; ça leur donnait un point de repère.

Sonia s'affala contre le tronc de l'arbre et laissa tomber sa tête entre ses genoux repliés. Cette douche manquée lui avait foutu le moral à plat et encore une fois, elle se mit à réfléchir à l'opportunité d'emprunter cette voie qu'elle savait n'être qu'une impasse cahoteuse et définitive : la prostitution. Paol, lui, regardait fixement le vague horizon que proposait l'autre berge et Jack faisait les cent pas en tapant du poing droit dans sa main gauche. Il n'était pas encore tout à fait calmé.

C'est alors que deux hommes s'approchèrent d'eux. Un grand type maigre, impeccablement vêtu, et un plus petit, de taille normale, habillé au mieux par Emmaüs, qui marchait deux pas en arrière. Le grand type sortit trois moitiés de billets de sa poche, des billets de cinq cents francs, et les jeta par terre. Jack arrêta de faire les cent pas et Sonia leva la tête. Paol continuait de regarder son bout d'horizon.

– Vous voulez les voir entiers ? demanda le grand type.

Jack haussa les épaules.

– Cette question ! dit Sonia.

– Et vous êtes prêts à quoi pour ça ?

– Vérole ! Tuer ma mère, s'il le faut... Ou même vous...

Le grand type planta ses yeux dans ceux de Jack. Il dit d'une voix égale :

– Ce serait dommage... J'en ai beaucoup d'autres, mais pas sur moi.

– On peut savoir à qui on a affaire ? demanda Sonia.

Le grand type regarda tour à tour chacun des trois SDF.

– Je vous présente Louis, dit-il en pointant son pouce sur l'homme qui l'accompagnait. Il fait partie de votre famille.

– Vérole ! On l' connaît pas, ce type.

– Normal, c'est un nouveau. Moi, vous pouvez m'appeler Hensley. Vous, vous êtes Sonia, Jack et Paol.

– Chiotte ! Comment vous savez ça ? s'exclama Sonia.

– Je le sais parce que c'est mon boulot de le savoir.

Les trois S.D.F. se regardèrent. Ce type les connaissait,

eux. Il était fringué comme un inspecteur prêt à aller pêcher le gros à l'Assemblée nationale mais il venait ici leur dire qu'il les connaissait et qu'il attendait quelque chose d'eux. Sonia observa Louis. Il n'avait pas l'air très bien dans ses pénates. Il était sale, lui aussi, et ne puait sûrement pas moins qu'eux. Ce Hensley avait dû aller le ramasser juste avant de venir ici. Probablement dans le métro. Elle toisa à nouveau Hensley.

– Alors, comme ça, vous avez du temps à perdre à nous courir après. Vous vous emmerdez à ce point ? C'est quoi, votre boulot ? Recenseur d'ordures ?

– Non. Utilisateur, seulement... J'ai besoin de vous pour commettre un hold-up.

Jack et Sonia se regardèrent. Un hold-up ! Ils se doutaient bien qu'il ne s'agirait pas d'aller cueillir des fleurs pour les apporter à la maman du monsieur, mais tout de même !

– Vérole, qu'est-ce que c'est que ce bordel... Vous vous foutez de notre gueule ou quoi ?

– Non. J'attends une réponse. C'est tout.

– Une réponse ! T'entends ça, Paol ? demanda Jack sans quitter Hensley des yeux.

– Ouais.

– Et alors ?

– Alors quoi ?

– Eh bien, donne une réponse à ce monsieur ! On prend les autres moitiés de biftons ou on se contente de ramasser celles-là pour se torcher avec ?

Paol jeta sa cigarette en soupirant.

– Pour tout dire, je m'en balance.

– Vérole ça t' crèverait les yeux de nous donner une fois ton avis dans ta putain de vie ?

– Je l'ai donné. Je m'en fous... J'espère seulement

que ma cellule donnera sur la Seine, mais en fait, je sais même pas s'il y a des prisons qui donnent sur la Seine.

Jack observait toujours l'homme en costard. Il savait qu'on était rarement insensible aux propos traînants de Paol. Hensley comprit que la grande brute cherchait à le jauger, comme il comprit que c'était à lui, maintenant, de prendre la parole.

– Je sais. Vous vous demandez pourquoi vous et pourquoi je compte que ça marche alors que vous avez jamais été foutus de rien faire de votre vie.

Les muscles de Jack saillirent un peu plus et son visage se crispa. Il avança d'un pas. Sonia posa sa main sur le bras du colosse.

– Du calme, Jack, dit-elle. Et vous, arrêtez de vous payer notre tête ou on vous fout à la baille. Qu'est-ce que vous voulez dire ? Qu'on est pires que des fauves, prêts à se jeter sur n'importe quel connard pour lui faire avaler ses dents ? Eh ben ouais, c'est vrai, on est comme ça. Et tous ceux qui l'ont compris sont plus forcément là pour nous l' rappeler…

Elle se tourna soudain vers Louis.

– Et toi, l'homme au nom de vieux, t'as rien à dire ? T'es le lèche-cul du grand chimpanzé, ou quoi ?

Elle s'approcha de lui et fit mine de chasser une poussière de son pull.

– Quoique t'as pas l'air très dégourdi… C'est p't-être vrai qu' t'es nouveau chez les sans-rien… Tiens, j' parie que t'en es encore à demander du travail à tous les endormis du ciboulot qui vont au turbin en métro…

Louis avait envie de rendre son billet et de ficher le camp. Mais il émanait de la jeune femme une telle sensation de liberté ou de dignité, il ne savait trop, qu'il se sentit pour la première fois depuis longtemps, et malgré les insultes, comme un être ayant encore droit à la parole. Il se dit qu'il pourrait peut-être apprendre quelque chose avec ces gens-là. Quelque chose qui lui avait toujours manqué, même dans sa vie antérieure. D'un ton un peu plus assuré, il s'adressa à Hensley.

– C'est vrai, pourquoi nous, et dans quel but ? Arrêtez votre cinéma et dites-nous une bonne fois ce que vous attendez de nous. De toute façon votre choix est fait, non ?

Louis se rendait bien compte qu'il ne parlait pas avec autant de désinvolture que Sonia, mais tout de même, il sentit que son discours avait fait mouche. Hensley se demanda soudain d'où ils venaient, tous, et s'il ne les sous-estimait pas exagérément. Mais après tout, cela n'avait pas d'importance. L'essentiel était qu'ils n'eussent pour ainsi dire plus aucune identité, à part ces prénoms dont on ne savait même pas s'ils étaient d'origine.

– C'est vrai, mon choix est fait, dit-il. Mais pas le vôtre. Je ne pourrais vous en dire plus que si j'ai une première réponse. Réfléchissez bien ! Après ça, vous n'aurez plus guère l'occasion de dire non.

Puis il lança, dans un sourire qui n'atteignit pas ses yeux :

– Qui m'aime me suive !

Sonia eut un geste vers l'arbre, comme pour lui dire au revoir. S'il s'était agi d'une vraie maison, peut-être aurait-elle simplement fermé la porte à clé. Elle dit :

– O.K., allons-y, de toute façon…

Paol se leva et jeta un dernier regard sur la Seine, Jack suivit en se frottant les mains et Louis emboîta le pas de Sonia en prenant soin de se tenir à l'écart d'Hensley.

Choisir ses amis parmi les siens…

3

Hensley et sa petite troupe remontèrent un instant une manif d'infirmiers. La fanfare qui l'accompagnait faisait un potin d'enfer. L'agitation était à son comble et on ne les remarqua pas plus que la bande de skins qui venait de bouter héroïquement un ennemi hors la vie. Jack beugla quelques slogans avec les manifestants et Louis, pour la première fois, comprit qu'il pouvait être nécessaire de descendre à plusieurs dans la rue plutôt que de s'y retrouver un jour tout seul.

Ils tournèrent dans une impasse et pénétrèrent dans une arrière-cour noirâtre et remplie de poubelles. Rien de comparable avec les somptueuses et inaccessibles cours du Marais que certains trajets touristiques vous faisaient découvrir. Hensley frappa irrégulièrement à une porte en bois dont la peinture vert foncé s'écaillait et un type plutôt costaud, l'air franchement patibulaire, vint leur ouvrir. Ils se retrouvèrent à l'intérieur d'un bar fermé, au rideau de fer descendu, mais d'où on pouvait encore entendre les pétards de la manifestation.

Hensley passa derrière le bar et se servit un demi avant

d'en proposer à tout le monde. Jack demanda une Pelforth et Hensley le servit sans broncher, ainsi que Sonia et Louis qui, eux, prirent des demis. Paol hésitait. Sa gueule de bois était encore bien présente et son estomac n'avait pas encore décidé s'il vidait ses restes par le haut ou par le bas. Finalement, il prit un Perrier, en but deux gorgées et se rendit aux toilettes. À son retour, Hensley entama ses explications.

– Les braqueurs de profession ont de plus en plus de mal à réaliser leurs coups sans se faire alpaguer tôt ou tard. Les flics ont des fichiers bourrés comme les archives de la Bibliothèque nationale et les indics sont de plus en plus nombreux. À croire que tout le monde nous connaît. Limite s'ils ne nous attendent pas devant les banques avec leurs menottes en nous remerciant de ne pas avoir trop de retard.

» D'un autre côté, les petits branleurs qui ont trop regardé la télé, quand ils ont réussi leur coup, n'arrivent pas à refourguer leur came. Eux, c'est à ce moment-là qu'ils se font prendre. Ils craquent et finissent par dépenser leurs billets numérotés… Du nanan pour la volaille ! Sauf qu'en général ces petits cons cherchent à sauver à tout prix leur liberté et tirent dans tous les sens. Enfin, ça, c'est le problème des flics. Pas le nôtre, excepté le fait qu'on subit pareillement les représailles.

» Donc on a constaté que les petits branleurs étaient inconnus mais que seuls les professionnels savaient quoi faire de la came…

– Qui ça, on ? demanda Sonia.

– Des pros dont les noms n'ont aucune importance.

Sonia haussa les épaules et fit une légère moue. Hensley continua :

– … On a tiré de tout ça la conclusion qui s'imposait :

faire faire les hold-up par des inconnus payés à la tâche. Et des gens comme vous représentent l'inconnu idéal : pas de logement donc pas de voisins ni d'histoires de mouvements bizarres, pas de travail donc pas de collègues, aucune vie sociale, pas de boulanger ni de boucher, pas de numéro de Sécu… Dans la rue on ne vous évite même plus, on vous passe au travers. Vous êtes devenus invisibles. Les caméras de surveillance pourraient vous filmer en gros plan, personne ne pourrait vous reconnaître…

– C'est bon, on a compris, coupa Louis. Le hic, c'est qu'on sait pas faire ça, nous.

– C'est comme tout, ça s'apprend. Marco, ici présent, sera votre instructeur. Il va vous assurer une formation complète. Entraînement physique intense, conduite de rallye, apprentissage des armes à feu…

Paol leva les yeux. Une brume de tristesse voilait son regard. Sonia tressaillit légèrement et Louis fit craquer sa chaise.

– Rassurez-vous, n'importe qui peut tenir une arme. On s'y habitue assez vite. Au bout d'un moment, elle devient un sixième doigt.

Sonia ne put s'empêcher de regarder sa main comme une curiosité.

– Un sixième doigt..., murmura-t-elle. C'est obligé ?

Hensley leva ses mains et les laissa retomber sur ses genoux.

– Oui. Sans panoplie, on ne peut pas jouer aux gendarmes et aux voleurs.

Sonia se reprit.

– Si je comprends bien, dit-elle, on commet un hold-up, on vous refile le magot, vous le refourguez et vous nous payez. Comme des salariés.

– C'est exactement ça. Une fois votre formation terminée, vous aurez à commettre environ cinq hold-up sur deux ans. Ça devrait rapporter environ deux millions de francs lourds par personne. Évidemment, pendant cette période, vous serez nourris et logés.

– Ou plutôt entretenus et planqués, dit Paol en souriant.

– Si vous voulez, continua Hensley.

– Et après ?

– Après, vous faites ce que vous voulez, mis à part braquer des banques. Si nous vous retirons au bout de deux ans, c'est pour que les flics ne puissent pas établir de recoupements sur une longue période. Même si tous les coups sont montés de façons différentes, ils finissent par relever des similitudes, des témoignages se recoupent et c'est très vite le merdier. Cinq hold-up sur deux ans dans cinq régions différentes… On ne devrait pas avoir trop de problèmes. Mais si après ça vous vous mettez à braquer pour votre propre compte, on risque d'en avoir ! Une filière, c'est vite remonté !

» Comprenez-moi bien. C'est une sorte de contrat que nous passons avec vous. Si vous signez, vous signez pour tout ce que je viens de dire. À la moindre incartade, on vous descend. Vous pouvez échouer une fois, mais surtout ne vous faites pas prendre : ce serait considéré comme une incartade.

Hensley se tut. Il vida son verre, le posa sur le comptoir et alla s'asseoir sur une table, dans la salle du café même. Marco observait ses futures recrues d'un œil torve. Sonia, Jack et Paol sirotaient leur bière. Louis traquait son avenir dans la mousse qui restait au fond de sa chope en la faisant tourner doucement.

Jack se leva brusquement.

– Vérole, deux millions de francs… Pour moi, c'est O.K., dit-il. Mais pourquoi nous encombrer de ce crétin-là ?

Son doigt désignait Louis. Ce dernier se leva à son tour et passa derrière le comptoir. Marco le regarda s'approcher sans bouger. Le coin droit de la lèvre supérieure d'Hensley frémit légèrement. Ses ouailles réagissaient exactement comme prévu. Ce n'était pas nouveau mais ça faisait toujours plaisir.

Louis se mit à fouiller dans les placards et trouva enfin ce qu'il cherchait. Quand il se redressa, il tenait un miroir dans ses mains. Il le tourna vers le colosse et dit :

– Parce que c'est mieux, ça ?

Jack bondit de sa chaise et sortit un couteau de sa poche. Hensley sourit intérieurement. À peine venait-il de proposer son plan à ces caves qu'ils se prenaient déjà pour un panaché des sept mercenaires et des trois mousquetaires. Les humains ne changeront-ils donc jamais ? Qu'ont-ils donc pour se croire si importants dès qu'on leur accorde un tant soit peu d'attention ?

Il sortit son revolver et tira deux balles. L'une d'elles fit exploser le miroir et l'autre ricocha sur le couteau qui sauta des mains de Jack. Sonia hurla et Paol se recroquevilla dans un soubresaut. Tout le monde était blême.

– Il y a de bien meilleures façons de se regarder en face, dit Hensley. Rappelez-vous que ce n'est pas un jeu et reposez les pieds sur terre. On n'est pas dans un saloon, ici. Dehors, ce n'est pas la pampa. Jusqu'ici, pour vous, c'était le désert. Il était difficile d'y trouver à boire et à manger. Bientôt, ce sera la jungle. Et pour s'en sortir, dans la jungle, il vaut mieux éviter de se comporter comme des gosses… Maintenant, j'ai assez parlé. Il me faut une réponse.

Sonia regardait méchamment Hensley. Des coups de feu, la première fois qu'on en entend de près et qu'on constate les dégâts qu'ils peuvent faire, sont toujours très impressionnants. Elle repensa à la douche de ce matin, au fleuve de Paol, à cette histoire de sixième doigt, vida son verre et dit :

– On marche.

Puis elle tendit la main. Hensley lui remit sa moitié de billet. Elle sortit.

Voilà. Elle ne savait pas et ne voulait pas savoir. Elle avait dit oui, il n'y avait plus qu'à s'y tenir. Ses deux copains la suivirent. Paol ferma doucement la porte.

Hensley souffla puis dit à Louis :

– Vous avez intérêt à apprendre vite. Un jour, se sera à vous de les contenir.

– Je ne vous ai rien demandé.

– Ça va, ça va... Rattrapez-les et dites-leur que le prochain rendez-vous est pour 8 heures, demain, parking Méditerranée. Voici votre moitié... Et ne faites pas comme eux, n'allez pas vous bourrer la gueule. J'aurai besoin que l'un de vous au moins soit clair demain matin.

Louis rattrapa ses futurs collègues et leur indiqua l'heure et le lieu de rendez-vous – personne ne lui répondit. Puis il se rendit « chez lui », en banlieue, et empaqueta ses loques avant de se rendre dans un hôtel proche de la gare de Lyon. Ça faisait longtemps qu'il avait fait un voyage en R.E.R. assis, avec un ticket ! Ce soir-là, il avait la ferme intention de se taper un bon gueuleton et de dormir au chaud dans des draps secs et propres après avoir pris une bonne douche.

Quoi qu'il arrive, ce serait toujours ça de pris sur la mort.

4

Hensley jeta un œil sur sa montre. Il avait le temps. Il salua Marco et sortit du café. Une fois dehors, il leva les yeux vers le ciel. La journée était belle. Une de ces journées de printemps comme on n'en verrait plus dans cinquante ans, une fois que l'effet de serre aura définitivement verrouillé le ciel et que les nuages déverseront des trombes d'eau sur une humanité morose.

– Faudra s'y faire, murmura Hensley sans trop s'attarder sur le sujet.

Vu son âge, il était peu probable qu'il eût à subir ce revers que nous préparait la société du marché à tout prix, fût-ce celui du soleil. Il pensait à cela sans rage aucune. L'humanité pouvait bien disparaître dans cent ans, il s'en moquait éperdument. L'essentiel pour lui était de tirer son épingle du jeu ici et maintenant. Il avait d'ailleurs la sensation de ne pas être le seul à penser ainsi.

Il se rendit à la station de métro la plus proche et s'installa sur un banc. Là, il alluma une cigarette et regarda passer quelques rames. Prendre son temps dans des lieux que *l'homo laborioso* traversait en courant amusait beaucoup Hensley. Il partageait en général ce loisir avec quelque loque informe et gargouillante, comme celle qui à l'instant même le fixait de ses yeux jaune délavé, yeux dans lesquels, il y a longtemps, s'étaient reflétées les guirlandes clignotantes d'un sapin de Noël peut-être rachitique, mais de Noël tout de même.

Il n'y avait personne d'autre sur le quai, que Hensley et la loque. Hensley sortit une pièce de dix francs de son porte-monnaie et la fit rouler jusqu'au bord du quai. Les yeux jaunes se promenèrent de lui à la pièce, puis la loque s'extirpa d'un amas de chiffons et marcha jusqu'au bord du quai où elle se baissa pour ramasser le bout de métal rond qui représentait pas loin de deux bouteilles de Primior. À son retour, elle s'approcha d'Hensley et balança, fière de sa réplique :

– Faque iou !

Hensley sortit cette fois-ci un billet de cent francs.

– Ne pensez qu'à votre survie, jamais à l'humiliation. Un ventre vide n'a que faire de l'honneur…, dit-il.

Puis il posa le billet par terre et cracha dessus. La loque hésita un court instant avant de s'emparer du billet et repartit s'asseoir sans rien dire. Hensley alluma une autre cigarette et laissa passer deux rames avant de monter dans une troisième. Au moment où les portes du wagon se refermèrent, la loque lui fit un bras d'honneur. Hensley ne put s'empêcher de se dire que cet homme ou cette femme-là – il n'avait su en déterminer le sexe – était définitivement fichu.

Il arriva à son hôtel à 12 heures 57. À 13 heures, alors qu'il ôtait son pardessus, le téléphone sonna. Comme prévu.

– Alors ? demanda la voix dans un souffle.

– Je pense avoir trouvé les gens qu'il nous faut, monsieur Loi.

– Bien… Très bien… Et… comment… sont-ils ?

M. Loi parlait très lentement, en reprenant souvent son souffle, comme s'il réfléchissait au sens autant qu'à l'orthographe de chacun des mots qu'il prononçait. Quoi qu'il fît en dehors de dormir ou fumer semblait lui demander beaucoup d'efforts.

– Jeunes, paumés, inconnus de tout le monde mais encore vaillants, répondit Hensley.

– … Imbibés ?…

– Très imbibés, violents et nerveux. Assurément incapables de mener une telle opération à bien mais suffisamment aux abois pour tenter l'aventure… Il y a une fille, aussi.

– Une… femme… dans ce… genre… d'aventure… C'est toujours… trop… malin…

– Celle-ci est vraiment très atteinte. Elle suivra sans se poser de questions tant que les autres mordront à l'appât. Je les observe depuis trois semaines et je vous assure qu'à eux trois, ils se sentiront capables d'attaquer une banque. Les autres paumés que j'ai pu voir sont trop seuls depuis trop longtemps… Trop asociaux… En groupe, ils ne tiendraient pas le coup plus de trois jours.

– Et le quatrième… Solitaire… Donc… ?

– Oui, mais il fait partie de ceux qu'on appelle les « nouveaux pauvres » et, croyez-moi, c'est vraiment un bleu ! Il panique beaucoup. Il ne s'est pas du tout adapté à cette situation et il s'accrochera à n'importe quoi pourvu qu'il y rencontre un semblant de tissu social… Comme un noyé qui s'accrocherait à une bouée crevée.

– … Et maintenant ?…

– Maintenant, on les envoie s'entraîner avec un des types que j'ai recrutés. Il fait ça très bien. C'est une véritable ordure. Dans deux mois, il leur fera passer une petite épreuve à sa manière. S'ils tiennent le coup et s'ils ne nous abandonnent pas, ils resteront jusqu'au bout et tenteront l'opération.

– S'ils… ne… nous abandonnent… pas ?

– Ces gens-là sont très instables, monsieur Loi. Ils peuvent disparaître du jour au lendemain, quitter une situation confortable sur un coup de tête.

– Je ne… comprends… pas…

– C'est là typiquement le genre de chose que vous ne pouvez pas comprendre.

– Et s'ils… disparaissent ?

– On les retrouve et on les élimine. Ils en savent déjà trop et personne ne viendra les réclamer, alors, pourquoi se priver ? On n'est jamais trop prudent.

– La… prudence… J'aime ce… mot… monsieur Hensley… Et la seconde… équipe ?

– Elle est prête. J'ai vu les types que vous m'avez proposés : ils font l'affaire. Le seul problème que nous ayons, aujourd'hui, c'est Oscar. Il est toujours O.K. Mais il a monté ses prix.

– … Qu'avons…-nous sur… lui ?

– Le S.A.C. et le G.A.T.

– … Rien de… plus… neuf ?

– Non. Les cohabitations successives sont trop perméables. Elles mènent la vie dure aux armées secrètes. Mais Mandrin a un bon dossier sur Oscar et il est prêt à tout balancer si nécessaire. C'est qu'il y tient, à sa prime, lui !

– … Proposez à… Oscar… la moitié de… ce… qu'il demande… Sinon… on… le vend… Le lendemain… on le… tue… ainsi que… Mandrin… Un règlement de… comptes… Vous m'arrangerez… ça…

– Mais bien sûr, monsieur Loi. Hensley arrange toujours tout.

– … Au… revoir…

– Au revoir, monsieur Loi.

Hensley raccrocha le combiné et resta debout, songeur. Il avait souvent travaillé avec des salauds, c'était son métier, mais il trouvait celui-là particulièrement gratiné. Enfin, ça n'avait pas d'importance. L'essentiel était qu'il fût efficace.

L'entraînement

I

LE MOIS DE JUILLET FINISSAIT. Il était aux environs de 14 heures et la chaleur était de plus en plus insupportable. Louis se demandait s'il était en train de courir ou de charger de plomb un haut fourneau. Jack ne prononçait même plus son fichu « vérole ». Mâchoires serrées, il jetait de temps à autre un œil sur ses compagnons, dans l'attente que l'un d'eux lâche prise. Paol, lui, restait les yeux fixés au sol. Peut-être cherchait-il quel caillou il pourrait balancer à la tête de Marco pour le faire ralentir ? La caillasse, ce n'était pas ce qui manquait, sur l'immense plaque chauffante qui constituait ce fichu plateau.

Soudain, Sonia trébucha. Louis se trouvait à deux foulées d'elle. Il se porta à sa hauteur et passa ses mains sous ses aisselles pour l'aider à se relever, mais la jeune fille se dégagea avec des gestes brusques.

– Lâche-moi, connard ! Et me touche plus jamais, t'entends ? Plus jamais.

Jack s'arrêta et ficha un coup de pied au cul de Louis avant de répéter :

– Tu entends ? Plus jamais !

Agacé, Louis ne broncha pas. Les nerfs de tout le monde étaient à vif, ce n'était pas la peine d'en rajouter. Marco avait profité de la situation pour allonger le pas et prendre plusieurs longueurs d'avance. Pour se calmer, Louis entreprit de le rattraper. Sonia repartit à un petit rythme, accompagnée de Jack et de Paol. L'écart entre le groupe qu'ils formaient et Marco se creusait de minute en minute et bientôt, il ne serait plus question pour eux de le rejoindre. Entre les deux, Louis hésitait. De toute évidence, Marco avait décidé de les planter là. Il courait, grimpait, sautait, bondissait pire qu'un cabri qu'on aurait délivré d'un zoo cinq minutes auparavant et il était clair qu'il n'en aurait plus pour longtemps à les larguer tous. Mais pour le moment, Louis n'avait pas très envie de retrouver ses compagnons.

Leur impénétrable intimité l'emmerdait au plus haut point.

Ça faisait maintenant trois mois qu'ils s'entraînaient et Marco les avait fait sortir de la propriété pour la première fois ce matin.

C'était une propriété immense. Elle comprenait un manoir et un parc plus ou moins entretenu où batifolaient deux chiens de la taille d'un veau de trois semaines. Il y avait aussi une maison de gardien.

Marco habitait le manoir. Louis, Sonia, Jack et Paol logeaient dans la maison de gardien. Elle possédait trois chambres et une salle de bains à l'étage ; un bureau, une salle à manger, une cuisine équipée et une salle de douche au rez-de-chaussée. On y trouvait tout le confort moderne : une télé, une radio, une chaîne hi-fi, une bibliothèque remplie de livres – au grand bonheur de Paol – et surtout un réfrigérateur régulièrement garni de bières et de victuailles.

Les chambres avaient été réparties entre les trois amis. Louis avait échoué dans le bureau. Il ne s'en plaignait pas, bien au contraire. Eux comme lui avaient besoin de se préserver une certaine intimité et s'il n'avait pas été possible de cohabiter suivant une configuration de ce genre, aucun rapprochement n'aurait pu être envisageable. Enfin, rapprochement… On ne peut pas dire qu'ils en étaient à échanger des confidences, mais tout de même, ils parvenaient à taper le carton ensemble et les repas ne se passaient pas forcément dans un silence de mort. Tous goûtaient à ce confort qui leur était tombé dessus comme par miracle et aucun d'eux n'avait envie de venir troubler la fête avec ses états d'âme.

Louis se demandait souvent ce qui pouvait bien lier entre eux Jack, Paol et Sonia. Apparemment, aucun des deux garçons ne couchait avec la fille et pourtant tous les trois étaient de toute évidence très intimes.

Une nuit, il avait entendu Sonia hurler. Il s'était précipité hors de sa chambre et avait monté l'escalier quatre à quatre, mais Jack l'attendait sur le palier du premier étage. Le colosse l'avait, d'une bourrade, envoyé dévaler les marches dans l'autre sens. Louis n'avait rien dit mais avait sérieusement fait la gueule. Il ne fallait pas exagérer ! Il n'était pas un chien qu'on renvoyait à la niche ! Jack s'était excusé deux jours plus tard, de mauvaise grâce et probablement sur injonction des autres, mais Louis n'en sut pas plus. Une semaine plus tard, Sonia avait hurlé de même. Cette fois, Louis n'avait pas bougé pendant dix bonnes minutes puis avait grimpé l'escalier sur la pointe des pieds. Il était arrivé sans encombre à la porte de Sonia. Elle était entrouverte. Il s'était alors accroupi et avait observé discrètement la scène.

Jack tenait dans ses bras la jeune fille, comme pour la

bercer, tandis que Paol lui parlait interminablement, d'une voix rauque et chaude, ses yeux perdus dans les siens. Il émanait de cette scène une telle tendresse, un tel appétit de vie, que Louis s'était senti infiniment seul. Ce n'était pas de la jalousie mais ce sentiment de tristesse profonde qu'on ressent en présence de gens qui s'aiment tellement qu'ils nous en oublient, ne serait-ce qu'un moment, alors qu'on vient soi-même de souffrir une rupture. Louis avait alors subitement repensé à sa vie passée. Si passée, pourtant, et si lointaine, que jamais elle ne lui avait semblé si irréelle.

L'entraînement était fatigant mais très reconstituant. Quatre heures le matin et trois heures l'après-midi. Grasse matinée le dimanche seulement. Tous retrouvaient la santé, surtout Jack, Paol et Sonia, qui buvaient beaucoup moins et se dépensaient beaucoup plus.

Les premiers jours avaient été très durs. Remuer une mécanique huilée au picrate qu'on n'avait fait que traîner d'un trottoir à l'autre pendant des années n'était pas chose facile. En endurance, au bout de trois foulées, Paol avait la sensation qu'il allait vomir ses poumons. Un goût âcre lui remplissait la bouche et ses muscles cherchaient à tout moment à se recroqueviller derrière les articulations. Lui et Sonia en auraient pleuré, parfois. Louis partait d'un peu moins bas mais il était tout de même sacrément rouillé. Jack était hors concours. Une force de la nature est une force de la nature. Les premiers ébranlements de la machine avaient été douloureux mais les muscles du colosse s'étaient vite fait une joie de montrer leur puissance et leur agilité. Il était le seul que les chiens regardaient parfois comme un éventuel collègue ou tout au moins comme un steak difficile à gagner.

Ces chiens étaient là pour rappeler qu'on n'était pas en

vacances. C'étaient deux énormes molosses, issus d'un croisement entre Mike Tyson et un GI – le premier pour la haine et la puissance, le second pour la connerie et l'obstination. Ils semblaient avoir à tout moment envie de bouffer les quatre petits soldats mais un ordre permanent devait les en empêcher et ils les regardaient avec une tristesse presque attachante. Par contre, rien ne leur faisait plus plaisir que de voir l'un de ces casse-croûte ambulants s'approcher un peu trop de l'enceinte de la propriété. C'était alors un festival de grognements et de pourlèchements baveux mais parfaitement dissuasifs. Sans Hensley ou Marco, il était inutile d'espérer sortir vivant de la propriété et, à vrai dire, personne ne s'y risquait. De toute façon, qui quitterait le paradis pour l'enfer ?

L'enfer, justement, ils le traversaient. Louis en avait marre. Ça faisait maintenant cinq heures qu'ils couraient et Marco n'avait pas ralenti d'un centimètre par heure. Ce mec était un métronome vivant. En plus il y avait eu cette engueulade, tout à l'heure, et c'était exaspérant de voir que deux mois d'efforts mutuels pour au moins se supporter avaient été balayés par un seul coup de pied au cul.

Tout à coup, Paol s'arrêta et s'adossa contre l'un des rares arbres qu'ils avaient rencontrés jusqu'à présent. Jack et Sonia le rejoignirent et s'assirent avec lui.

Louis appela Marco. L'instructeur ne se retourna même pas.

– Suivez ou crevez, tas de loques ! Restez ce que vous avez toujours été ! dit-il.

– Va te faire foutre ! hurla Louis en retour.

Mais à quoi bon insulter cette brute qui s'était tirée avec l'eau et le plan de la région dans le but on ne peut plus évident de les coller dans la mouise ? Allez, les cloches ! Voyons ce que vous avez dans les tripes ! Une dizaine de bornes avait été parcourue en 4 x 4 avant de s'enfoncer à pied dans ce désert de rocailles et de sueur. Il allait falloir retrouver son chemin et rentrer à pinces sans se faire remarquer. Pas question de faire du stop, évidemment. De toute façon, encore faudrait-il qu'il y ait une route.

Louis soupira un grand coup et fit demi-tour. Il s'assit à un mètre des autres, pas loin du seul arbre au monde qui ne donnait pas un centimètre carré d'ombre.

Sonia, épuisée, s'était endormie sur les genoux de Jack. Le colosse murmurait son « vérole » à chaque expiration et Paol, adossé à l'arbre, avait les yeux fixés sur un unique petit caillou blanc, que personne n'avait semé et qui ne menait nulle part. Ça n'allait pas fort.

2

Le ciel rougissait, les cailloux se recroquevillaient et les hommes commençaient à mourir. Leurs langues s'étiraient, devenant dures comme la roche du désert qui s'étalait à perte de vue. À son réveil, Sonia voulut parler à Jack, mais le colosse était évanoui. Il commençait à s'enfoncer dans la terre. Tout le corps de Paol était enseveli, seule sa tête dépassait du sol. Il fixait durement Sonia de ses yeux noirs. Louis en était au même point, sauf que ses mains émergeaient aussi, juste à côté de ses oreilles. Il les remuait en riant, comme on le fait avec des marionnettes. Jack aussi, maintenant, n'avait plus que la tête qui dépassait du sol. Il était réveillé et pleurait. « Sonia, fais quelque chose, disait-il, je ne veux pas mourir comme ça, je ne veux pas mourir. » Et Louis riait de plus en plus fort. Pleine de colère, Sonia tendit sa main vers lui et le vit : il était là, le sixième doigt. Gris, lisse et droit comme le canon d'un fusil. Et la douleur montait dans ce doigt, montait sans cesse. « Je ne sais pas quoi faire, Jack, je ne sais pas quoi faire ! » disait Sonia. Et Jack pleurait, et Louis riait, et la douleur dans le doigt montait, montait,

montait. « Presse la détente, lâche tout, dit Paol. Laisse la douleur s'envoler, libère-la. » Sonia pressa une détente imaginaire. Elle sentit distinctement la douleur lui courir le long du doigt puis sortir par le bout avant d'aller se poser sur la tête de Louis. Ce dernier commença par grimacer, puis se mit à hurler. Des doigts lui poussèrent aux mains, de longs doigts fins et métalliques. Il en dirigea les extrémités sur Paol et Jack.

C'est alors que les crabes apparurent, immenses, à l'horizon. « Il faut nous sortir de là », gémissait Jack. Sonia se leva et commença à tirer sur la tête de Jack. Louis hurlait toujours, ses doigts tendus à se rompre vers les têtes des deux autres garçons. Les crabes approchaient. Ils étaient tout près. « Vite, Sonia, vite ! » criait Jack. Soudain, le silence se fit. Un crabe prit la tête de Louis entre ses pinces et tira, tira, tira… « Vite ! criait Jack. Vite ! »

Sonia se mit à hurler. Une succession de longues notes stridentes, émises à intervalles réguliers, au gré de la respiration de la jeune endormie qui, tout entière manipulée par ses cauchemars, se contorsionnait dans les bras de Jack.

Paol s'approcha d'elle et lui parla doucement.

– Qu'est-ce que c'était, Sonia, qu'est-ce que c'était ? demanda-t-il.

– Les cra… les crabes, prononça Sonia d'une voix empreinte de terreur.

Et elle se mit à hurler un peu plus fort. Son corps lui échappait de plus en plus. Ses bras et ses poings gigotaient convulsivement. Louis était fasciné et dégoûté par le spectacle de cette femme luttant désespérément pour retenir ce corps qu'on semblait vouloir lui arracher.

Paol attendit un peu et profita d'une accalmie pour

parler, ce qu'il fit d'une voix très douce et très lente, comme pour s'assurer que chacun de ses mots atteignait l'esprit terrorisé de Sonia. Au début, son discours était entrecoupé par les hurlements de la jeune femme mais peu à peu, ces derniers s'estompèrent et disparurent.

– Tu sais bien, Sonia, qu'il n'y a que les poupées et les nounours qui sont dangereux pour les enfants, disait Paol, parce que les poupées leur sucent le sang, pendant la nuit, et les nounours leur dévorent les jambes. Alors, perdus dans le désert, les enfants ne peuvent plus marcher et ils se dessèchent au soleil. Les crabes, eux, ont l'air méchant, comme ça, mais leurs pinces peuvent se faire plus douces que le poil des ours en peluche ou que les cheveux des poupées. On croit les crabes méchants parce que quand ils tendent leurs pinces, on s'imagine qu'ils vont nous casser les genoux. Mais si tu regardes bien leurs yeux et leurs mouvements, en fait, tu te rendras compte qu'ils veulent avant tout qu'on les embrasse et qu'on les cajole. Hélas, souvent, on tape du pied et ils sont tellement timides qu'ils s'enfuient en courant de travers. Mais tu verras, Sonia, de grands crabes vont bientôt venir et nous pourrons marcher sous eux, à l'ombre, protégés du soleil. Et quand tu seras fatiguée, l'un d'eux te prendra dans une de ses pinces et la retournera légèrement. Tu seras comme dans un berceau.

La jeune femme dormait, maintenant. Louis était subjugué. Il venait d'assister à la même scène que l'autre nuit, mais avec les paroles. Il regardait Paol avec une certaine admiration. L'Espagnol fouilla dans ses poches et en sortit un paquet de cigarettes. Il en proposa une à chacun et les trois hommes allumèrent leur cigarette ensemble.

– Elle va dormir un peu, maintenant, dit Paol.

– C'est ce que tu lui racontes à chaque fois ? demanda Louis.

– Ça dépend… Elle a quelques obsessions qui reviennent toujours, comme les crabes. Je ne sais pas pourquoi. Alors je lui ressers plus ou moins la même sauce à chaque fois et j'aménage suivant la situation… Je ne crois pas qu'elle entende ce que je dis. On m'en a jamais parlé, « après »… Mais bon, ça marche.

Ils gardèrent le silence pendant un moment, puis Louis ajouta pensivement, cherchant à faire durer ce plaisir qu'il avait de discuter avec Paol :

– Au moins, elle dort.

– On a tous les cauchemars de nos rêves, répondit Paol… Mais c'est pas tout ça : comment on se tire d'ici ?

– Ben en marchant, vérole !

Jack regardait partout autour de lui, comme s'il y avait autre chose à voir que de la caillasse et un arbre brûlé par le soleil. La tête de Sonia reposait toujours sur ses genoux et si ça n'avait pas été le cas, il aurait sûrement déjà été en train de tracer la route. Ses yeux se fixèrent sur Paol. Ils clignaient nerveusement.

– T'aurais pas dû lui raconter tout ça, vérole. C'est à nous et à personne d'autre. Y a toujours eu que nous trois et faut que ça reste comme ça.

Paol haussa les épaules et continua à fumer en silence. Louis s'étendit sur le dos, finit sa cigarette et tâcha de dormir un peu. Mais les paroles de Jack l'avaient trop énervé. Au bout d'un quart d'heure, allongé, les yeux fermés, il s'adressa au colosse.

– Hey, Jack.

– Mmm ?

– T'as pas l'impression qu'on est dans une sacrée merde, là ?

– Mmm…

– À mon avis, on aurait plutôt intérêt à se serrer les coudes. Je peux me gourer, mais je crois quand même que c'est ça qu'ils testent. Ils ne tiennent pas à ce qu'on se lance dans une scène de ménage ou qu'on se balance des vannes en pleine action. Alors on n'est pas obligés de devenir potes, mais faudrait au moins qu'on ait l'air de se supporter. Tu comprends ce que je veux dire ?

Jack ne répondit pas. Il mâchouillait le filtre de sa cigarette depuis longtemps éteinte. À la surprise de tout le monde, la réponse vint de Sonia. Elle dit d'une voix brumeuse, alors qu'elle était encore allongée :

– Il a raison. Si on veut pas se faire bouffer tout crus, faut qu'on marche ensemble. Allez, Jack, secoue-toi. On va pas discuter de ça toute la journée.

Paol la regarda, un peu étonné. Elle avait moins dormi que d'habitude.

– O.K., p'tite vérole, dit Jack.

Le colosse se leva, s'ébroua et, sans un regard pour ses compagnons, se mit en route. Paol sourit. Au fond de lui, il pensait que ce n'était pas plus mal que Louis soit parmi eux. En trio, ils devenaient autistes…

… Et les crabes apparurent. De lourds nuages gorgés d'eau, qui accompagnèrent les marcheurs et les protégèrent du soleil. Louis ne pouvait s'empêcher de penser au récit de Paol. L'Espagnol semblait s'en rendre compte. Il sourit plusieurs fois. Comme ça, sans raison apparente.

Jamais les quatre anciens SDF ne se seraient cru capables d'accomplir un tel exploit. Depuis que Marco les avait abandonnés, ils avaient déjà bien parcouru une dizaine de kilomètres et, si les muscles de leurs jambes commençaient à tirailler à tout va, on ne pouvait pas dire qu'ils étaient près de s'effondrer. Il fallait rendre cette justice à Marco : il avait réussi à transformer trois épaves et demie en quatre croiseurs longue durée.

Ils accueillirent avec joie l'arrivée des nuages et dansèrent un moment sous la pluie qui leur tomba dessus. Ce fut bref mais vivifiant. Puis la pluie cessa, les nuages disparurent, et c'est alors qu'il ne leur restait plus que cinq kilomètres à parcourir que survint la vipère.

Les mots commençaient à revenir. On parlait de la bière qui dormait au frigo, du bain qui coulerait, du lit qui s'offrirait, de toutes ces choses si simples auxquelles on s'était réhabitué si vite qu'on se demandait comment on avait pu s'en passer si longtemps, quand Louis s'écroula subitement en poussant un petit cri de gorge. Jack réagit le premier.

– Vérole ! Qu'est-ce qui t'arrive ?

– Une vipère, bordel, une vipère !

– Où ? cria Paol.

– Là, là… ma cheville… Ah, nom de Dieu de merde !

La voix de Louis tremblait. Son regard se brouillait. Il avait une terrible envie de mordre, lui aussi. De déchiqueter cette maudite vipère à coups de dents. Sonia se pencha sur lui. Elle dit d'une voix douce :

– Ne bouge pas, Louis. Ne bouge surtout pas et reste calme.

Rapidement, elle le déchaussa, lui ôta sa chaussette et appliqua ses lèvres sur la morsure. Elle mordit aussi fort qu'elle put pour percer la peau et ouvrir la plaie en grand, puis elle aspira et recracha autant de sang que possible. Ils n'avaient même pas un couteau sur eux et Jack promit que ça, Marco le paierait cher. Paol retira son tee-shirt et en fit un garrot qu'il posa en toute hâte juste sous le mollet de Louis. Avant de serrer, il dit :

– Si tu connais une prière, c'est le moment.

– … Vérole…, murmura Louis.

Et il s'évanouit.

– On peut pas le laisser comme ça, dit Paol.

Jack regarda la sueur perler sur le front de Louis. De cette sueur froide et acide dont se sert la mort pour vous tisser un linceul indéchirable.

– Vérole, t'as raison… Je vais chercher la bagnole !

– Seul ?

– Tu te sens la force de piquer un sprint sur dix bornes ?

– Non.

– Alors seul.

– Et les chiens ? demanda Sonia, comment tu vas faire avec les chiens ?

Jack eut un sale sourire.

– Ceux-là, vérole, j' vais les bouffer !

3

Hensley était maussade. Enfoncé dans un fauteuil, il sirotait un de ces whiskies irlandais dont il raffolait, mais sans que le plaisir y soit complètement. C'est qu'il aurait nettement préféré que ses recrues se sortent brillamment du merdier dans lequel Marco les avait mis.

– Vers quelle heure tu m'as dit que tu les avais largués ? demanda-t-il.

– Deux heures, par là…, répondit Marco.

Lui aussi buvait du whisky. Il était peut-être un peu rustre mais il y avait tout de même certaines choses qu'il savait apprécier.

– T'as l'air soucieux… le grand Hensley aurait-il fait une erreur d'appréciation ?

– Impossible !

– Ben voyons…

Hensley dévisagea froidement son interlocuteur. Choisir des hommes était son métier, sa vie ; c'était la seule chose amusante qu'il avait trouvée à faire sur cette fichue planète. Les choisir et les utiliser, voire les manipuler. Dans le milieu, on le surnommait le metteur en scène. Ce surnom l'amusait et il y trouvait un fond de vérité : c'était là un métier qu'il aurait pu faire s'il y avait pensé plus tôt et s'il n'avait pas dû gagner sa croûte et celle de sa famille dès l'âge de quatorze ans.

Que ce soit pour livrer de la marchandise, monter un trafic, commettre un hold-up, tuer ou être tué – mais ça, c'était plus spécial – il était rare qu'on ne fasse pas appel à lui. Surtout si les sommes engagées étaient conséquentes. C'était là sa seule et unique fierté. Bien sûr, il avait déjà participé à des coups foireux, mais jamais un de ses hommes ne s'était trouvé en cause et aucun de ceux qui s'étaient fait prendre n'avait pipé mot. Les rares qui auraient pu le faire, ceux en qui Hensley n'avait pas confiance, n'en avaient jamais eu le temps. Ainsi, le meilleur artilleur qu'il avait connu était une pipelette invétérée. Un type tout petit, comme souvent les hommes qui ont un bagout incroyable, qui ne pouvait s'empêcher de parler de sa vie et de celle des autres, mais un régleur d'horloge hors pair. Hensley l'avait mis sur tous les coups, jusqu'au jour où il s'était fait prendre. Un coup mal organisé par un type qui payait bien mais qui, lui, aurait mieux fait de faire du cinéma. Au cinéma, on ne meurt pas d'une scène qui dure trois secondes de trop. Dans un hold-up, si. Comme d'habitude, Hensley observait les opérations d'une chambre d'hôtel. Quand la fusillade avait éclaté entre ses hommes et la maison poulaga, il n'avait pas hésité un instant. Il avait épaulé son fusil et transpercé le cœur de l'artilleur. Le petit homme fut si surpris que, pour la première fois de sa vie, il resta la bouche ouverte sans parler pendant plusieurs secondes…

Hensley sourit tristement. Il ne savait pas pourquoi il s'était mis à penser à cette histoire mais une chose était sûre : même si sa main n'avait pas tremblé, il avait toujours regretté d'avoir dû abattre le petit homme. Jamais il n'avait retrouvé un si bon artilleur. Il dit soudain tout haut :

– Choisir des hommes est mon métier. Je ne me suis jamais trompé jusque-là. Ça ne va pas commencer aujourd'hui.

– Habituellement tu choisis parmi des professionnels ! répondit Marco.

– Je dois reconnaître que cette fois-ci, c'est un peu plus délicat…

– Un peu plus délicat ? Tu veux dire complètement tordu, oui !

– Marco, on a déjà parlé de ça cent fois. L'entreprise est un peu bizarre, c'est vrai, mais elle ne manque pas d'originalité.

– Elle ne manque pas d'originalité… Qu'est-ce qu'y faut pas entendre ! On s'en fout, de l'originalité ! Ce qui compte, c'est être vivant et avoir les fafiots dans les poches… Quand je pense qu'on va mettre notre vie entre les mains de ces loques !

– Ce ne sont déjà plus des loques…

– Ça reste à voir.

– Voudrais-tu laisser entendre que tu as mal bossé ?

Marco se tut et se resservit un whisky. Il y avait des moments où ce n'était pas la peine de discuter avec Hensley. Il pensait toujours avoir raison et, la plupart du temps, c'était vrai. Le metteur en scène le regardait d'un œil narquois.

– Tu as peur, Marco. Tu as peur parce que tu sais qu'ils vont revenir et qu'ils ne te porteront pas dans leur cœur après ce que tu leur as fait subir… Je t'ai connu plus coriace, et si j'ai fait une erreur, c'est peut-être plutôt sur ton compte…

– Fais pas chier !

La porte d'entrée claqua brutalement. Des bruits de râles et de respirations rauques parvinrent du vestibule. Des pieds raclaient le sol, des corps butaient contre les murs. Un de ces monstrueux défilés échappé d'un tableau de Jérôme Bosch semblait traverser le couloir. Marco se redressa et sortit son arme. Hensley alla jusqu'à frissonner. Les deux battants de la porte du salon claquèrent violemment contre les murs. Au milieu de l'huis se tenait Jack, suant et sanglant. Un petit filet de salive lui coulait le long du cou. Il tenait un chien dans chacune de ses mains, ses doigts serrés autour de leur jugulaire. L'un des deux molosses était déjà mort et le second finissait d'agoniser. La langue pendante, les yeux exorbités, il battait l'air de ses quatre pattes. Jack jeta le chien mort sur le tapis, regarda Marco en souriant et tordit d'un geste bref le cou du second molosse. Marco le mit en joue.

– Bouge pas, Jack, fais pas le con ! dit-il.

– Pauvre vérole de merde, dit Jack en balançant le second cadavre aux pieds de Marco, t'as vu ces chiens ? Dès qu' je l' pourrai, j' te mettrai en miettes, mais t'inquiète pas, c'est pas pour tout de suite. Maintenant, il faut que t'ailles chercher Louis. Une saleté de vérole de vipère l'a mordu. Moi, j'en peux plus.

Hensley observait la scène en se félicitant intérieurement. Parfaites. Ses recrues étaient parfaites.

– Et les autres ? demanda-t-il de l'air du prof qui fait une démonstration évidente et ponctue son monologue d'un « CQFD ! » triomphant.

– Avec lui, vérole !

Hensley se tourna vers Marco alors qu'il s'apprêtait à quitter la pièce.

– Tu vois ? dit-il.

Marco ne répondit rien. Il sortit en claquant la porte. Jack, planté au milieu du salon, observa un instant Hensley et se demanda si celui-là, il ne ferait pas mieux de l'étrangler tout de suite.

4

La convalescence de Louis fut synonyme de repos pour tout le monde. Un léger échauffement matinal et une heure de gym un peu plus intense constituaient l'entraînement physique quotidien. Marco et ses recrues ne pouvaient absolument plus se blairer. Ce n'était pas la peine de les mettre trop longtemps en présence. Quand Hensley venait, il supervisait les séances de tir, sinon, les quatre novices s'entraînaient tout seuls, dans le sous-sol du manoir. Le reste du temps, ils étaient libres de faire ce qu'ils voulaient, mais dans l'enceinte de la propriété enfin débarrassée de ses cerbères.

Une fois, Louis avait demandé à Jack :

– Dis, tu étais vraiment obligé de les tuer, ces chiens ?

Jack avait répondu en se marrant :

– Vérole non, mais c'était l'occase ! Dès qu'ils m'ont reconnu, ils ont grogné et attendu l'autorisation de me bouffer. Ils auraient pas dû… J'en avais ras l' cul d'être aussi appétissant qu'un hot dog aux yeux d'un SDF. Et crois-moi, je sais de quoi j' cause !

Louis avait sourit.

– Oui. C'était une bonne idée.

Leurs rapports s'étaient considérablement améliorés. Louis avait patiemment appris les lois qui régissaient le trio – en gros ne parler ni de soi ni de son passé – et la formation trois plus un n'était plus toujours forcément de mise. Sans que ce soit la grande camaraderie, toute forme d'animosité et de méfiance à son encontre avait disparu. Souvent, il discutait bouquins avec Paol. L'Espagnol l'aidait à se frayer un chemin dans la bibliothèque et Louis appréciait de plus en plus cette activité qui lui était jusque-là quasiment inconnue : lire. Oh, bien sûr, avant, il lisait des rapports, il en écrivait même parfois, mais en ce temps-là, les mots n'avaient que le poids du fric. Ils confirmaient ou infirmaient une valeur marchande. Ils n'avaient pas de sens. Seulement une direction. À prendre ou à indiquer, c'était selon.

Tout de même, au bout de trois semaines, ils commencèrent tous à tourner en rond. Le temps passait et Hensley ne leur parlait toujours pas de leur premier objectif. Était-ce là une nouvelle épreuve ? L'organisation n'avait-elle pas encore statué sur leur sort ? Le plan qu'elle avait en vue s'avérait-il inapplicable ?

Louis se posait ces questions, allongé sur une chaise longue. Paol, encore et toujours adossé à un arbre, lisait un bouquin. Jack et Sonia ingurgitaient une quelconque émission de télé. C'était un soir d'été comme il en manque tant : rouge, bleu, sec et chaud. Pourtant, tout le monde était morose.

À la fin du film, alors que la nuit commençait à s'installer pour les quelques heures que lui octroyait la saison, Jack et Sonia sortirent sur la terrasse.

– Alors ? demanda Louis.

– Naze, répondit Sonia.

– Comme moi, enchaîna Jack. Vérole, j' commence à en avoir ma claque de rien avoir à foutre !

– Moi aussi, j'y vais, dit Paol en se levant. Dormez bien et faites de beaux rêves... L'enfer n'est peut-être pas pour demain.

L'Espagnol et le colosse entrèrent dans la maison. Sonia alluma une cigarette.

– Qu'est-ce qui leur prend ? demanda-t-elle.

– Ils commencent peut-être à se poser des questions, répondit Louis

– Des questions ?

– Oui. Moi aussi, je m'en pose.

– À propos de quoi ?

– À propos de ce qu'on fout ici.

– De quoi tu t' plains ? On a de quoi boire, de quoi bouffer et un toit sur notre tête... T'aurais osé rêver à un truc pareil, il y a trois mois ?

– Non, bien sûr, mais je rêvais pas non plus d'une prison dorée...

– Prison dorée, prison dorée... Tu vas pas me servir un couplet sur la liberté ! Tu l'avais, avant, ta liberté : plus de gosses, plus de maison, plus de pointage au bureau, finie la vie bourgeoise, les petites hypocrisies, les quotidiens rasoirs, enfin la vie au jour le jour, n'avoir que le ciel pour toit, la planète pour lit et sa peau pour soie !

Sonia avait pris un ton emphatique. Elle éclata de rire en voyant la mine boudeuse de Louis.

– Ça va, ça va, dit-il, je suis pas en train de me plaindre, je me demande seulement ce qui se trame derrière notre dos, voire *sur* notre dos.

– Je vois pas l'intérêt de se torturer la cervelle pour ça. Moi, quand j'étais môme et que j'étais en vacances, je radiais le mois de septembre de ma mémoire et je cherchais surtout pas à savoir quel jour on était. Les emmerdes arrivent toujours bien assez tôt.

– Eh bien moi, quand je m'engage dans une combine qui pue la mort, j'aime bien savoir si je dois me comporter comme le loup ou l'agneau.

– Qu'est-ce que t'en as à foutre ! Et d'une, tu te comporteras comme t'es, et ça, c'est à toi de voir, et de deux, j'ai pas envie de m'user les méninges sur un problème dont j'ai pas les données.

– C'est bien de ça que je parle : pourquoi on les a pas, les données ?

Sonia ne répondit pas immédiatement. Elle alluma une seconde cigarette. Louis en prit une également.

– Ça fait longtemps que tu zones ? demanda-t-elle.

– Trop…

– C'est pas une réponse.

Louis soupira.

– Ça faisait deux mois que j'étais dans la merde la plus totale quand Hensley est venu me trouver. Mais depuis combien de temps je glisse, ça, je sais plus.

Sonia hocha la tête.

– Eh bien moi, ça fait plus de cinq ans. J'ai pas glissé : j'ai voulu courir trop vite et je me suis viandée.

Louis remua légèrement sur sa chaise longue.

– T'inquiètes pas, poursuivit Sonia, je vais pas te raconter ma vie. Tous ceux qui veulent vraiment s'y intéresser peuvent facilement l'imaginer. Je veux juste te dire un truc. Moi et les gars, quand on s'est rencontrés, on s'est vite dit qu'il fallait qu'on suive quelques lois. Ces lois, t'as dû les piger puisque tu les as suivies. Le problème c'est que rien se dire, ne pas réfléchir à ce qu'a pu t'arriver ou à ce qui peut t'arriver demain, ça t'endort complètement le neurone. Je sais même plus ce que veulent dire des mots comme « envisager » ou « après-demain ». Alors t'as peut-être raison mais pour l'instant, je peux pas te suivre. Il me faudra encore du temps… Beaucoup de temps.

– C'est pas sûr qu'on en ait tant que ça…

– Eh ben tant pis pour moi… Et pour nous. Bonne nuit.

Elle se leva brusquement et rentra dans la maison sans se retourner. Louis finit sa cigarette et s'endormit sur la chaise longue.

Au même instant, Hensley franchit la porte de son hôtel. Alors qu'il passait devant la réception, le veilleur de nuit l'arrêta et lui tendit un paquet.

– Tenez ! Ceci est pour vous. On m'a dit de vous le remettre dès ce soir.

Interdit, Hensley regarda le veilleur de nuit. C'était un homme de trente-cinq ans, qui creusait sa tombe à coup de Gauloises sans filtre et de picrate à onze balles. Apparemment, il l'avait mauvaise d'avoir dû faire tout son possible pour rester debout jusqu'à maintenant. D'habitude, à cette heure-ci, il avait beau être veilleur de nuit, on entendait ses ronflements surmonter l'interminable logorrhée télévisuelle qui sévissait dans sa loge.

Hensley prit le paquet sans dire un mot. Pour avoir consenti à faire un tel effort, le veilleur de nuit avait dû toucher un pourboire, il n'allait pas en plus le remercier. Une fois arrivé dans sa chambre, Hensley hésita à ouvrir le paquet. M. Loi devait appeler d'une seconde à l'autre. Cependant, il n'était pas exclu que le coup de fil et le paquet aient un rapport.

C'était une boîte à chaussures recouverte de papier kraft. Hensley la déposa sur la table de nuit et se servit un whisky. Puis, comme le coup de fil ne venait pas, il décida d'ouvrir le colis.

Malgré toutes les scènes d'horreur ou de douleur qu'Hensley avait pu enregistrer dans sa mémoire, faisant d'elle comme du monde un *Guernica* grandeur séculaire, il ne put s'empêcher de pousser un gémissement. Le spectacle tenait plutôt de la nature morte que du tableau épique. La boîte contenait un œil, une oreille, un nez, trois doigts et un pénis délicatement disposés sur une feutrine de couleur marron.

Hensley vida d'un trait son verre. Il s'en servait un autre quand le téléphone sonna.

– Allô ?

Sa voix s'extirpa difficilement de ses cordes vocales. M. Loi était à l'autre bout du fil. Il parlait encore plus lentement que d'habitude.

– Ce sont… les restes… d'un… ancien… collaborateur… Il en avait vu… beaucoup… entendu… beaucoup… mais… n'a pas… bien… senti… les… choses… quand… le vent… a… tourné… dans… une affaire… il y a… maintenant… assez longtemps… Par… trois fois… il a… commis… de… graves… erreurs… et en plus… il… a… essayé… de me doubler… ou encore… comme… on… dit… vulgairement… de m'enculer… Je lui ai… arraché… chacune… des… parties… du corps… correspondant… à… ces délits… moi-même… Il y a… comme ça… certains… aspects… de… l'Ancien… Testament… que j'apprécie… Je pense… que… le message… est… clair… Le hold-up… aura… lieu… dans… deux semaines…

M. Loi raccrocha.

Hensley dit « oui monsieur » alors que la tonalité hystérique annonçant une ligne occupée résonnait depuis un moment dans le combiné. Pour la première fois de sa vie, il se demanda s'il avait vraiment toutes les cartes en main et cette question le préoccupa jusqu'à ce qu'il s'endorme, aux alentours de 2 heures du matin.

Le hold-up

I

UNE VOLVO ! Vérole, c'était tout ce qu'ils avaient pu dégotter ! Quand Jack s'était retrouvé à la rue, au début des années quatre-vingt-dix, tous les films montraient les gangsters en Mercedes ou en DS. Les DS, c'était dans les vieux films. Et puis, il fallait bien l'admettre, ces tires-là, on n'en trouvait plus. Mais une Mercedes, vérole ! Depuis des mois, Jack ne voyait que ça à la télé. Des types au cheveu et à la prunelle noirs, genre iranien ou libanais, qui montaient par quatre dans des 200 et vidaient leurs mitraillettes sur tout ce qui n'entrait pas pieds nus dans les mosquées. Et ça, Jack l'avait vérifié dans la rue. Les Arabes riches et les Gitans roulaient toujours en Mercedes !

– Jack, tu vas pas recommencer, dit Paol.

– Ah, excuse... Je voulais dire que même des types pires que nous se trimbalent pas dans des Volvo pourries.

– C'est pas mieux.

– Qu'est-ce qu'est pas mieux, vérole ?

– « Des types pires que nous »... Je vois pas ce qu'ils ont de pire.

Paol supportait mal le racisme ultrabasique de Jack et le reprenait invariablement sur un ton de docteur en tolérance qui exaspérait le colosse.

– Tu fais chier, dit Jack.

Et il accéléra un grand coup. Enfin, un grand coup... Il appuya sur le champignon et la voiture fit ce qu'elle pouvait.

Ça faisait maintenant trois heures qu'ils roulaient. Ils approchaient de l'*objectif* et avaient une légère avance sur l'*heure H*. Louis s'était étonné de ce langage militaire et l'avait trouvé désagréable. Il n'avait pas un bon souvenir de l'armée. Sa terminologie guerrière l'avait accompagné des années durant, le monde économique se l'étant appropriée. Elle avait même fini par le broyer. Élaborer des *stratégies de contournement* visant à *étouffer l'adversaire* et *anéantir* ses *marges de manœuvre* était, à la longue, plutôt fatigant. Mais il fallait admettre que ce langage avait le mérite de la clarté.

Sonia regardait le paysage. Elle se demandait pourquoi, pendant tant d'années, elle et les gars n'étaient pas allés à la campagne en été. Quelques siestes au bord de l'eau les auraient changés du mélange goudron-gaz d'échappement-friture, cette dernière étant la plus dure à supporter, surtout quand l'estomac songe à vous poursuivre pour non-assistance à personne en danger. Ils auraient pu semer des radis et piquer des fruits dans les vergers. Un peu de vol à l'étalage sur les marchés et quelques menus services rendus auraient aidé à se fournir en viande. Peut-être même auraient-ils réussi à se faire embaucher pour les vendanges, qui sait ? Tout à coup, Sonia eut la sensation qu'il n'était pas si impossible que ça de s'en sortir. Que risquer sa peau pour un fric dont elle ne verrait pas la couleur tout de suite n'était pas forcément indispensable. Puis elle se raisonna.

« Faut pas croire, ma vieille, se dit-elle, tu te dis ça parce que t'as bien bouffé pendant un bout de temps. Quelques bons repas, de bonnes nuits dans un bon lit, et v'là l'espoir qui s' repointe au galop. Mais rappelle-toi. Rappelle-toi bien ça : avant de prendre tes vacances, tu te demandais si t'allais pas te faire ramoner l'intérieur par des visqueux… Et sans pochette, encore ! Pour limiter les frais de gestion et augmenter la prime de dégoût. Et puis t'avais plus de la force que pour amener le goulot jusqu'à tes lèvres, alors gratter la terre et semer des radis… me fais pas rire. »

Et elle rit. Un petit rire qui réveilla l'atmosphère.

– Ouais, dit Jack. Ça fait du bien d' se bouger l' cul, tout de même. Hein ? monsieur le professeur !

– Oui, peut-être, dit Paol.

– Vérole, qu'esse tu peux être chiant avec tes sous-entendus !

Paol haussa les épaules. Il savait très bien quoi répondre mais ne voulait pas ennuyer Jack avec ses histoires. Ce qu'il voyait avant tout, c'était qu'il laissait derrière lui une bibliothèque bourrée jusqu'à la gueule de chefs-d'œuvre universels. On ne pouvait pas lui demander de la quitter pour aller à la guerre le sourire aux lèvres et le cœur en joie ! Mais comment expliquer ça à ce grand escogriffe de Jack, toujours paré à la bagarre, et qui, depuis un paquet d'années, n'avait jamais rien lu d'autre que des noms de stations de métro ? Paol prit une décision : s'il se tirait vivant de cette aventure, il s'achèterait une bicoque, en tapisserait les murs de livres et s'y enfermerait pour le restant de ses jours.

Si possible avec vue sur la Seine, la bicoque.

La Volvo pénétra dans la banlieue parisienne et ses embouteillages un 3 septembre, aux alentours de 9 heures, moment de la journée où il n'y avait jamais de contrôle sur les grands axes routiers. Seules quelques sorties étaient régulièrement surveillées par les flics. Il suffisait de les connaître et de les éviter. En banlieue, de toute façon, tous les chemins mènent à Paris.

Louis, Jack, Paol et Sonia laissèrent la voiture à Antony, où ils burent plusieurs cafés avant de prendre le RER jusqu'à la gare du Nord et le métro jusqu'à Oberkampf. La voiture postale, une 4L fourgonnette, était garée devant un bar-tabac proche de la sortie du métro. Il était exactement 11 heures et 47. Une minute de retard. Presque rien, mais tout de même, il valait mieux se presser. Hensley n'avait cessé de leur rabâcher que le temps pouvait être le meilleur des alliés comme le pire des grains de sable.

Jack, Louis et Sonia partirent à pied. Paol entra dans le bar-tabac, commanda une bière et se dirigea vers les toilettes. Un homme en sortit et lui murmura « troisième » avant de se fondre dans la foule qui, comme prévu, encombrait la salle. On était jeudi et beaucoup de gens venaient toucher leurs gains du loto. Paol se demanda s'il n'aurait pas eu plus de chance de ramasser le paquet à ce jeu, mais bon… Il tâtonna au-dessus du chambranle de la porte de la troisième cabine. Ses doigts rencontrèrent une petite ficelle collée à la gomme. Il tira dessus et le loquet intérieur de la porte se souleva. Une fois dans la cabine, Paol revêtit le costume de facteur que l'homme y avait laissé, enveloppa ses vêtements dans l'emballage du costume et jeta le tout à la poubelle. Puis il se mêla à la foule et personne ne remarqua que le facteur qui sortait des toilettes n'était pas le même que celui qui y était entré. Seul un abruti fit remarquer en collant des coups de coude dans les côtes de son voisin que « les arrêts fréquents, c'est pratique pour la courante ». Ce fut le même homme qui, un peu plus tard, termina la bière abandonnée sur le comptoir.

Paol se mit au volant de la 4L. Les clés étaient dans la boîte à gants. Il s'en empara, démarra le véhicule et remonta l'avenue sur cinq cents mètres avant de s'arrêter en double file devant la Banque des Crédits fonciers du Nord.

Qu'une telle préparation ait été nécessaire pour braquer une banque si petite avait étonné Sonia. Hensley lui répondit que, d'une part, le moindre établissement de ce genre était une vraie forteresse et que, d'autre part, il n'allait pas les envoyer conter fleurette à maman Banque nationale de France pour leur baptême de la dévalise. Enfin, il lui rappela que, de toute façon, elle et ses acolytes étaient payés à l'acte et non au pourcentage, et qu'ils n'avaient donc pas à se préoccuper de l'importance du magot ou du bien-fondé des cibles choisies. La discussion s'était achevée sur une moue dubitative de Sonia. La suspicion de Louis commençait à lui travailler les méninges.

Paol mit les feux d'arrêt d'urgence, prit les quatre paquets posés sur le siège du passager, et entra dans la banque.

Louis faisait la queue à un guichet, Sonia, assise à une table, remplissait un formulaire de dépôt de chèque. Jack farfouillait dans les prospectus proposant des prêts pour les voitures, le nouveau compte jeune, ou la carte qui, ô miracle, vous autorisait à vous servir de votre argent. Tous les trois agissaient avec un naturel déconcertant, malgré le fait qu'ils devaient conserver leurs têtes baissées pour éviter d'être filmés par les caméras de surveillance.

Paol posa négligemment ses paquets sur le comptoir, à proximité de Jack, et annonça au préposé qui venait vers lui qu'il devait voir le directeur. Le temps que l'homme lui demande pourquoi, Jack s'emparait d'un des paquets et enfonçait son index au niveau d'une marque faite au feutre noir. Trois coups de feu partirent en direction des caméras. Les flingues étaient munis de silencieux mais le ramdam que firent les balles en atteignant leurs objectifs fit sursauter tout le monde. Un grand silence s'installa, suivi d'un léger flottement. Les quatre truands en profitèrent pour passer une cagoule. Puis Jack lança une arme à Louis qui écharpa le client qui était devant lui. Le client voulut hurler mais Louis lui colla le canon de son arme sur la tempe.

– Ta gueule, dit-il.

Puis, s'adressant à tout le monde :

– Si l'un de vous donne l'alarme ou cherche à fuir, je l'abats immédiatement. Pour être sûr que l'alarme n'a pas été donnée, nous allons attendre cinq minutes. Si les flics se pointent dans cet intervalle : pan, pan ! C'est compris ? Bien. Maintenant, vous allez fermer la porte derrière mon collègue et descendre le rideau. Si je ne m'abuse, c'est la pause midi, non ?... Numéro 2, sors les grenades.

Numéro 2, c'était Sonia. Elle ouvrit le plus gros paquet et exhiba les explosifs. Un client s'évanouit et deux autres se mirent à gémir. Paol s'empara d'un talkie-walkie, retira sa cagoule arrivé à la porte, alors qu'il était dos au guichet et sortit.

Un homme montait l'escalier menant à la banque. Paol l'arrêta et lui dit que l'établissement était fermé. L'homme fit demi-tour en maugréant. Il dit que c'était incroyable de fermer si tôt, que quand on bossait, on pouvait même plus aller mettre son fric à la banque parce que le boulot reprenait à 13 heures alors évidemment, pour aller à la banque, c'était bonbon, et qu'il y avait bien le samedi mais que le samedi, lui, il partait à la campagne, merde, il se faisait chier toute la semaine, c'était pas pour rester à Paris le week-end, même si c'était une des plus belles capitales du monde, parce que ça, c'était bien de la vantardise de Parigot, ils ont beau dire, les Parigots, dès qu'ils le peuvent, ils se cassent…

– Connard, murmura Paol pour lui-même.

Il scruta attentivement les alentours. Tout paraissait normal. Le rideau de fer tressé de la banque avait fini de descendre. La rue était calme. « Tout est O.K. », cracha le talkie-walkie. « Ici aussi, répondit Paol, à tout de suite. » Il s'installa au volant de la voiture et démarra lentement pour aller se garer trois rues plus loin. Là, il retira sa veste de facteur, chaussa des lunettes noires et descendit de la 4L qu'il referma à clef. Puis il se dirigea vers la voiture qui allait leur servir à fuir. Toujours pas une Mercedes, mais une BM. Et une grosse ! Jack ferait un peu moins la gueule.

Paol s'installa au volant de la BM, lança le moteur pour le faire chauffer, et s'engagea sur la chaussée en direction de la banque. Une fois passée la deuxième rue, il commença d'être inquiet. Des gens couraient. Il accéléra et passa devant la banque. Des impacts de balles étaient visibles sur la devanture. Il s'engouffra dans la première rue à droite et appela Louis.

– Numéro 1, qu'est-ce qui se passe ?

– Je ne sais pas, crachota le talkie-walkie. Un connard nous a tiré dessus… Amène-toi tout de suite, on décroche !

Paol fit le tour du pâté de maisons pied au plancher. Quand il déboucha sur l'avenue, il entendit hurler les sirènes.

Louis les entendit aussi et se tourna vers le directeur, un homme pas loin de la retraite et sûrement pas prêt à risquer sa peau si près du but.

– Ce n'est pas nous, pleurnicha l'homme. Je vous jure que ce n'est pas nous.

Louis lui balança un coup de crosse dans le nez et appela Paol.

– Laisse tomber, Numéro 3. Fonce au lieu de rendez-vous et hasta luego !

– Mais, et vous ?

Le talkie-walkie grésillait de plus en plus fort et des conversations inaudibles se mêlaient à celle de Louis et Paol. La volaille occupait les ondes.

– Casse-toi, hurla Louis, casse-t…

Plusieurs coups de feu retentirent. Puis le silence. Le silence à l'intérieur comme à l'extérieur de la banque. Jack arracha le talkie-walkie des mains de Louis.

– Paol, dit-il doucement, Paol, tu m'entends ? Tu m'entends, Paol ? Paol, réponds, vérole.

– Pas de nom, Numéro 4, pas de nom, dit Louis en essayant de reprendre le talkie-walkie.

Jack repoussa Louis d'une bourrade. Sa voix montait comme un grondement sourd qui éclata bientôt en hurlements.

– Paol, Paol ? PAOOOOOL !!!!!! Vérole, je vais tous vous crever ! Tous, tous, tous !

Il tira des coups de feu dans tous les sens. Une femme fut touchée à l'épaule et un homme à l'œil. Ils se mirent à hurler eux aussi. Un client se rua sur la porte d'entrée mais Sonia lui barra le passage. Louis se jeta sur Jack et lui donna un formidable coup de pied dans le bas-ventre. Sonia empoigna une grenade, la monta bien haut au-dessus de sa tête et parla très doucement.

– Un seul geste d'un seul d'entre vous et c'est la fin pour tout le monde.

Jack, un genou à terre, gémissait. L'homme touché à l'œil avait du mal à se contenir. Du sang lui coulait sur le visage. La femme n'avait qu'une égratignure mais ça la brûlait. Louis prit la parole.

– Qu'un employé s'occupe des blessés ! Pour les autres, ventre à terre, mains sur la tête. J'en suis aussi désolé que vous mais ce n'est plus un hold-up, c'est une prise d'otages.

Sonia reposa la grenade et s'approcha de Jack. Il pleurait. Elle lui caressa la tête.

2

Le commissaire Degrave se réveilla à 5 heures du matin avec l'effroyable impression qu'il ne verrait plus jamais le soleil se lever. Pas à cause de la pollution, les choses ne se formulaient pas ainsi dans son esprit, pas non plus à cause de sa mort ou d'une quelconque fin du monde, non, mais simplement parce qu'il allait en être ainsi. Simplement, le soleil ne se lèverait plus. Ou la terre cesserait de tourner, allez savoir. Les catastrophes humaines ne connaissent pas de limites. Son fils, par exemple…

Ce n'était pas la première fois qu'il se réveillait avec la sensation qu'une catastrophe imminente allait bouleverser sa vie et, quand c'était possible, il allait vérifier. Il avait terriblement peur de se laisser surprendre par une catastrophe.

Il faut dire qu'il est bien rare que ces saletés ne se jettent pas sur vous par-derrière, quand par exemple vous vous détendez après une dure journée de boulot et que, confortablement installé à une terrasse de café, vous vous apprêtez à vous avaler un demi bien frais. C'est alors que vous voyez votre fils traverser la rue. Il est avec d'autres jeunes. Des skins. Comme eux il a le crâne rasé – ça, vous l'aviez déjà remarqué –, mais surtout avec eux il rit, ce qu'il ne fait plus depuis des mois à la maison. Vous voulez vous persuader que vous n'avez rien vu, mais déjà la bière a changé de goût. La catastrophe a commencé là, en plein soleil, au milieu de tous ces gens qui rient et se parlent, ou boudent et se font la gueule, c'est selon. C'est arrivé comme un mirage. Une onde de malfaisance qui laisse derrière elle une odeur de pourri. Une odeur dont vous ne pourrez plus vous débarrasser…

Ce matin-là, comme beaucoup d'autres, il ne put s'empêcher d'aller vérifier. Il arrivait qu'Élisabeth l'accompagne, mais cette fois, elle préféra rester au lit. Trois levers de soleil compromis en un mois et deux promenades à potron-minet, ça faisait beaucoup pour Élisabeth qui adorait son homme mais aimait aussi dormir. Surtout le matin.

Degrave se leva et s'habilla sans faire de bruit, vers 5 heures 30, après avoir essayé de persuader sa femme de venir avec lui. Ça le fit sourire. Il savait que plus tard, elle lui ferait remarquer que ce n'était pas la peine qu'il s'échine à s'habiller sans faire de bruit dans la mesure ou, de toute façon, il l'avait déjà réveillée.

Il monta dans sa Jetta – « faudrait vraiment qu'on change de voiture » – sortit du parking souterrain et se dirigea vers Suresnes. Puis, une fois sur le mont Valérien, il attendit que le soleil se lève. Ça faisait long à attendre, le soleil ne se levant théoriquement – s'il se levait ! – qu'à 7 heures 15 environ. Au bout de dix minutes, il eut très envie de fumer et d'aller boire un café. Il attendit encore un bon quart d'heure et vit se pointer les premières lueurs de l'aube.

Alors il fit demi-tour et s'arrêta en cours de route pour boire un café au comptoir et méditer sur les raisons pour lesquelles il avait cessé de fumer. Il trouvait ça un peu ridicule. Comme s'il portait un jugement négatif sur tout ce qu'il avait vécu jusqu'à présent, ce qui par ailleurs n'était pas très éloigné de la vérité.

Sa vie avec Élisabeth lui avait plu et lui plaisait encore. C'était sa plus grande réussite. Au bout de deux heures d'absence, cette femme lui manquait et il était heureux de cela. Mais ce fils ? Pourquoi ce fils ?

Et voilà, Degrave était parti pour regarder le soleil se lever mais quoi qu'il fît, il en revenait à cette question. Pourquoi ce fils ? Alors qu'il avait Élisabeth ?

Il vida sa tasse d'un trait et se brûla légèrement. Puis il rentra chez lui au lieu d'aller directement à son travail. Cette fois-ci, il gara la Jetta dans la rue. Il monta l'escalier quatre à quatre, ôta son pardessus et se lança dans la préparation d'un café. Élisabeth l'entendit et le rejoignit dans la cuisine. Elle demanda dans un sourire :

– Alors, il s'est levé ?

– Je ne sais pas.

– Tu ne l'as pas attendu ?

– Non.

Elle marqua une pause, mais elle savait qu'une fois de plus, il faudrait y passer.

– Le gamin ?

– Oui, le gamin.

Elle écarta les bras et les laissa retomber dans un de ces rares gestes qui soient universels : un geste de totale impuissance et de désespoir.

– C'est pour ça que tu es rentré ? Pour parler encore de ça ?

Degrave regarda sa femme. Il n'avait pas le droit de la

faire vieillir comme ça. Petit Pierre non plus n'avait pas le droit.

– Excuse-moi.

Élisabeth se laissa tomber sur une chaise.

– Je ne peux plus, Paul. Je ne peux plus parler de ça. Je ne veux plus nous en vouloir de l'avoir laissé... devenir... devenir ça... ce... cette bête... Je ne veux plus avoir à prononcer ce mot qui nous sort de la gueule comme une morve...

Elle se releva aussi brusquement qu'elle s'était assise, comme dans un soubresaut, et partit se recoucher. Degrave la laissa faire. Pourquoi la retenir ? Pour la faire souffrir ? La faire vieillir encore ? Seul devant son café, il essaya de prononcer le mot le plus doucement qu'il pouvait.

– Nazi, nazi, na-zi, naaaazziii...

C'était ridicule. Ce mot puait trop, il était trop lourd. Comment son fils pouvait-il être fier de... ?

Degrave se leva et s'approcha de la chambre de Petit Pierre. Il ouvrit tout doucement la porte. Petit Pierre avait tout juste dix-huit ans et à cet âge-là, quand ils dorment, les jeunes ressemblent à des gosses. Dans le lit de Petit Pierre dormait un ange blond qui rêvait d'un monde meilleur. Degrave en eut les larmes aux yeux et, une fois de plus, il se dit que tout n'était peut-être pas perdu. Il remit son pardessus et se rendit au commissariat où il se jeta comme un perdu dans son travail.

Vers midi, il commença à avoir sérieusement faim. C'est qu'avec tout ça, depuis 5 heures, il n'avait pas mangé. Juste bu du café. Un au bar, deux chez lui, trois ou quatre au commissariat, sans une seule miette de pain pour venir éponger tout ça. Son estomac commençait à lui envoyer certains signes de faiblesse bien emballés dans des relents d'acidité.

– Mignard ! appela-t-il.

L'inspecteur passa sa tête par la porte du bureau du commissaire.

– Oui ?

– Je vais bouffer. Tu m'accompagnes ou tu restes ?

– C'est tôt !

– Je sais qu'il est tôt, mais j'ai faim, et pour une fois qu'une affaire ne nous tombe pas dessus au moment de manger… Tu fais quoi ?

L'inspecteur hésita un instant. Il se tapotait le ventre d'un air songeur.

– Je vous accompagne. Après tout, j'ai commencé à 5 heures, moi.

– O.K. Tu diras à Castelli d'assurer la permanence. Et surtout qu'il ne bouge pas ! Assurer la permanence, ça veut dire être là, pas faire la chasse aux deals à Barbès !

– Vous exagérez, patron, il ne fait pas que ça, tout de même.

– Pas que, mais trop. Bon, tu viens ou tu comptes discuter mes ordres jusqu'à la Saint-Glinglin ?

– Je transmets les ordres et j'arrive. Vous me connaissez : le devoir, d'abord le devoir !

Ils allèrent au Marine. Le café ne tenait pas son nom du corps militaire aquatique homonyme mais du prénom de la patronne. Pourtant, c'était comme ça qu'on disait : on allait *au* Marine, et non pas *chez*.

C'était une journée chaude et ensoleillée. Degrave et Mignard s'installèrent dehors. Degrave n'était pas superstitieux et, même s'il regardait les terrasses d'un autre œil depuis qu'il savait qu'elles pouvaient accueillir les catastrophes, il s'y asseyait de bonne grâce.

Marine passa la tête par la porte. Elle ressemblait à beaucoup de patronnes de café. Pas mince, mais pas énorme non plus. Elle était juste un peu trop usée pour son âge. C'est que sans boire trop, le minimum de verres qu'elle s'enfilait – juste ceux pour faire plaisir – suffisait à lui faire travailler le foie plus souvent qu'il n'aurait fallu.

– Plat du jour ?

– Ça dépend comment il se présente, répondit Degrave.

– Pot-au-feu maison.

– En cette saison ?

Marine secoua la tête d'un air agacé.

– T'en veux ou t'en veux pas ?

– Ça marche pour moi, dit Degrave.

Mignard hocha la tête pour indiquer qu'il serait lui aussi de la partie.

– Et avant ça ? demanda Marine.

– Un demi.

– Moi aussi.

Marine entra dans son café et les deux hommes s'enfoncèrent dans leur siège. Degrave regardait d'un air vague un épicier répartir des fruits à l'étalage.

– Au fait, dit-il, tu n'es jamais arrivé à rien, avec l'épicier arabe ?

– Celui que les médias ont fait tomber dans les oubliettes pour que la manif des infirmiers conserve son aspect bon enfant ?

– Celui-là même.

– Ce n'est pas avec les moyens que vous m'avez donnés que je risquais d'aller interroger tous les bipèdes présents dans la rue ce jour-là.

– Hé, ho, ce n'est pas moi qui vote le budget.

Mignard fit un geste signifiant qu'il n'avait pas envie d'entendre pour la énième fois le discours de Degrave sur le budget du ministère de l'Intérieur.

– En tous les cas, le zig n'est toujours pas mort.

– On ne l'a pas débranché ?

– Paraît qu'il peut se réveiller et qu'il n'est pas forcément condamné au potager…

– C'est la famille qui paye ?

– Non… La justice. Elle tient à garder en vie le principal témoin de l'affaire. Et croyez-moi, ça coûte bonbon… Le pauvre gars, sa vie dépend du classement sans suite ou non de son dossier… Mais vous n'étiez pas au courant ?

– Je ne suis pas toutes les affaires déférées au parquet, mais comme tu vois, je m'informe…

En fait, cette affaire, comme quelques autres, obsédait le commissaire. D'un côté, il mourait d'envie de coincer la bande de nazillons qui, il en était sûr, avait commis ce tabassage en règle mais, de l'autre, il était effrayé à l'idée que son fils puisse être mêlé à ces horreurs, et comme ses supérieurs ne se laissaient pas facilement convaincre de déployer de gros moyens sur ce qu'ils appelaient des affaires de casseurs, il ne mettait pas forcément le paquet pour obtenir tout ce dont il avait besoin.

– J'essaierai de décoincer la situation, dit-il comme pour lui-même. Bon, qu'est-ce qu'elle fout, Marine ?

Il l'appela. Deux minutes après, la patronne passait la tête par la porte.

– Ben, qu'est-ce que vous faites là ? demanda-t-elle.

– On attend qu'une *aimable* serveuse nous apporte nos demis, ironisa Degrave.

– Mais… je croyais que vous étiez partis, moi !

– Partis ? Mais enfin, Marine…

– Vous êtes pas au courant ? On ne vous a pas bippés, ou quelque chose dans le genre ?…

– Au courant de quoi ?

– C'est pas croyable ! Le citoyen doit vraiment tout faire, dans cette putain de ville !

– Au courant de quoi, Marine ? répéta fermement le commissaire.

– La Banque des Crédits fonciers du Nord, rue Oberkampf, vous connaissez ?

– Oui, et alors ?

– Alors elle vient de se faire attaquer… Je dirais même qu'elle est en train de se faire attaquer pendant que l'élite de la police française se dore au soleil.

– Bon sang, mais comment t'as su ça ?

– Ils viennent de le dire aux infos.

– Aux infos ?

– Oui. Aux infos. À la radio…

Degrave ne comprenait plus rien. Mais cela n'avait pas vraiment d'importance. Il n'avait pas toujours besoin de comprendre pour agir.

– O.K., on y va. Mignard, fonce prévenir la brigade. Je te rejoins à la voiture… Et dis à Castelli de ne pas bouger ! Dis-moi, Marine, le pot-au-feu, c'était un vrai ? Avec le vinaigre et les cornichons ?

Marine haussa les épaules.

– Bien sûr, que c'était un vrai… Tu me prends pour qui ?

– Et merde !

3

Déjà l'avenue était barrée par des cars de police. De nombreux coups de feu avaient éclaté et on craignait le pire. L'inspecteur Oscar jeta un œil sur la scène et hocha la tête. Il était assez satisfait du résultat. Il se dirigea vers une cabine téléphonique. Pas de portable ! Jamais ! C'était un coup à se faire repérer. Utiliser ce que n'importe qui peut utiliser à n'importe quel moment. Toujours.

Il composa le numéro qu'Hensley lui avait indiqué et tomba sur le metteur en scène.

– Oui ?

– C'est Oscar. Tout va bien. Ça tourne à la prise d'otages et le ministère est déjà sur le coup. Vous pouvez lancer l'autre opération : bientôt, nous serons trop débordés pour réagir rapidement sur une autre affaire. La presse est déjà au courant, bien sûr, et on devrait sortir le grand jeu. Mais faites vite quand même. D'ici à une heure, les barrages vont se monter.

– Et alors ? En théorie, ils ne devraient pas se monter dans le secteur qui nous intéresse ?

– En théorie, non… Mais…

– Oui ?

– Je ne comprends toujours pas pourquoi vous avez besoin d'autant de temps. Vingt minutes, c'est énorme !

– Oscar ?

– Oui ?

– Votre salaire ne vous convient pas ? Vous n'avez pas touché votre augmentation ? Je parle bien sûr de ce que nous vous versons, nous, pas de ce que crachote l'administration publique.

– Si. Il me convient.

– Parfait. Alors à bientôt.

– … Oui. À bientôt.

Oscar raccrocha. N'empêche, il trouvait cela bien étrange. Vingt minutes, c'était une éternité pour un coup de ce genre… Enfin, bon. Après tout, lui il était payé, effectivement. Il n'avait plus qu'à attendre que les crétins coincés à l'intérieur des Crédits fonciers du Nord se fassent descendre et hop ! direction les îles. Ça avait canardé sec, tout à l'heure, à l'intérieur. Avec un peu de chance, un ou deux otages étaient morts. Personne ne pardonnerait ça aux truands et le G.I.G.N. n'aurait plus qu'à appuyer sur la détente avec l'absolution de la France entière.

Il s'approcha d'un agent.

– Alors, où en sommes nous ?

L'agent était plutôt laconique. Les ébats de l'humanité l'ennuyaient beaucoup et tant qu'à ferrer des poissons, il aurait préféré que ce soient des vrais, de même qu'il aurait préféré les pêcher dans une vraie rivière. Lui aussi les rejetait à l'eau, comme la justice rejetait les siens, mais il trouvait les poissons moins dangereux que les hommes.

– Le commissaire vous cherche, dit-il.

– Quel commissaire ? Le mien ?

– Non. Le commissaire Degrave.

– Il a pu leur parler ?

– Oui. Il a pu leur parler.

– Que veulent-ils ?

L'agent soupira. Cet inspecteur ne pouvait-il pas aller poser toutes ces questions à son chef ?

– Comme d'habitude, inspecteur. Ils veulent une voiture, un hélicoptère, un avion, la liberté, une fortune, des passeports... Nous, on tergiverse. On attend le moment idéal pour les descendre...

– On les connaît ?

– Pas du tout.

Oscar grimaça pour donner le change mais, en son for intérieur, il ne put s'empêcher de féliciter Hensley. Le metteur en scène avait bien choisi ses hommes. Enfin, ses hommes...

– On sait combien ils sont ?

– Non.

– Des hommes ?

L'agent regarda l'inspecteur de haut en bas.

– Enfin, comment voulez-vous qu'on sache... Tenez. Voilà le patron !

Oscar vit approcher un homme de haute stature, vêtu d'un complet veston et cravaté à la va-vite. Il avait un pardessus, jeté sur son épaule comme s'il s'était agi d'un sac à patates.

Degrave tendit une main incertaine et regretta de l'avoir fait dès qu'il eut touché celle d'Oscar. Elle était molle et moite.

– On me dit que c'est vous qui avez donné l'alarme... C'est quoi, votre crémerie ?

– La BRB*.

– Ah… C'est peut-être pour ça que nous, on a été prévenus par une radio périphérique.

– Personne ne vous a appelés ?

– Si, mais un tout petit peu tard… Après les journalistes, ce qui la fout plutôt mal. On était déjà partis quand votre patron nous a prévenus. Comment avez-vous deviné qu'il y avait du grabuge au-delà de ce rideau de fer ?

– La chance, commissaire, la chance et l'intuition. Je passais par ici et deux ou trois trucs m'ont paru louches. Quand j'ai voulu appréhender le mec en bagnole et qu'il a démarré sur les chapeaux de roues, je n'ai plus eu de doutes.

– Oui, dommage qu'il soit mort, celui-là, il aurait pu nous fournir de précieux renseignements… La prochaine fois que vous appréhendez un suspect pendant qu'une dizaine de cars de police bourrés jusqu'à la gueule arrivent, évitez de lui coller une balle dans la tête.

– C'est que les renforts n'étaient pas encore là, on les entendait seulement et je ne pensais pas qu'ils arriveraient si tôt. Le suspect avait l'air complètement affolé, il a tiré lui aussi et j'ai craint pour…

– … la sécurité de nos agents et des passants, je sais. Gardez ce genre de conneries pour votre rapport et trouvez le moyen de savoir qui sont les olibrius avec qui nous allons passer cette charmante journée. À moins que la BRB n'ait besoin de votre intuition ailleurs…

– Je vais leur demander, monsieur.

– C'est ça, demandez-leur…

Degrave allait s'en retourner quand il se souvint d'un

---

* Brigade de Répression du Banditisme. (N. d. A.)

dernier détail. Intuition pour intuition, lui n'aimait pas cet inspecteur. Il ne le *sentait* pas.

– Au fait, demanda-t-il, pourquoi avez-vous tiré dans la devanture ?

– Balles perdues, commissaire, balles perdues... Je vous l'ai dit, le suspect m'a tiré dessus.

Degrave leva les yeux en l'air.

– Balles perdues... Et vous aviez peur pour la sécurité des passants...

Oscar commençait à en avoir assez. Pourquoi ce commissaire venait l'emmerder, lui. Il n'avait pas autre chose à faire ?

– Qu'est-ce que vous voulez insinuer, exactement ?

– Je n'insinue rien. J'affirme que vous, à la B.R.B., semblez avoir la gâchette un peu facile. C'est tout.

Oscar allait s'insurger quand il réalisa que, dans sa situation, ce n'était peut-être pas ce qu'il avait de mieux à faire. Cette version des faits était loin d'être la plus mauvaise. Il soupira un grand coup en remuant la tête et dit, d'un air un peu dépité :

– Après tout, vous n'avez peut-être pas tort. Je suis peut-être allé un peu vite en besogne... Excusez-moi.

Degrave aimait les hommes capables de s'excuser ou tout au moins capables d'admettre qu'ils s'étaient trompés, et Oscar remonta un tout petit peu dans son estime ; ou plutôt, il sortit de son mépris pour aller s'installer dans un *no man's land* qu'on pouvait plus ou moins apparenter à un purgatoire.

– Bon, dit-il, on réglera tout ça plus tard. Allons voir si un fil dépasse de la pelote.

– Bien, monsieur.

Oscar alluma une cigarette. Il trouvait qu'il l'avait bien méritée. Il en proposa une au commissaire qui refusa. Cela sembla curieux à Oscar qui aurait juré que Degrave était un fumeur. C'était seulement qu'il ignorait cette vérité que seuls connaissent les fumeurs sevrés : un fumeur qui a arrêté de fumer n'a pas pour autant cessé d'être un fumeur.

4

À 13 heures 02, un coup de feu retentit. Un grand silence se fit. Les hommes se regardaient. Un léger pli se creusait sur leur front. L'angoisse commençait à leur grignoter l'estomac et à pousser sur le sternum. Ils ne pouvaient rien faire et c'était insupportable. Degrave téléphona à la banque. Personne ne répondit. Il utilisa le haut-parleur : aucune réaction. Les hommes du G.I.G.N. faisaient jouer leurs doigts sur la crosse de leurs fusils. Maintenant, c'était sûr, ils tireraient.

À 13 heures 15, le téléphone sonna. Degrave décrocha et dit d'une voix blanche.

– Alors ça y est ? Le compte à rebours est commencé ?

L'homme au bout du fil souffla dans le combiné. Degrave ne sut pas trop si c'était par mépris ou par dépit. La voix était faussement voilée et rappelait celle du Parrain, dans le film de Coppola.

– Non. Un type a voulu faire le malin, un mec qu'a sûrement trop regardé la télé, et un coup de feu est parti. C'est tout. Une femme est touchée.

– Elle est...

– Seulement blessée. Je ne sais pas si c'est grave. On vous l'envoie avec son mari et le type qu'on a corrigé. On ne veut pas s'encombrer de ce genre de taré. Mais attention ! Le mari aura une grenade attachée à la jambe. La goupille de cette grenade sera reliée par un fil à l'un d'entre nous. À la moindre entourloupe, notre petit copain n'hésitera pas à tirer. Son frère vient de se faire descendre et il est un peu nerveux. Les trois otages marcheront jusqu'à l'ambulance que vous aurez fait amener. Là, vous pourrez les détacher, ôter la grenade et vous faire sauter le caisson avec si ça vous dit… Vous m'avez compris ?

– Pourquoi faites vous ça ?

– Nous ne sommes pas des assassins.

L'interlocuteur de Degrave raccrocha. Le commissaire aussi. Tout le monde avait les yeux rivés sur lui.

– Faites venir une ambulance, dit-il.

– Ils veulent une ambulance ? demanda Oscar.

Degrave expliqua à ses collègues ce qui s'était passé et ce que les preneurs d'otages proposaient pour évacuer les blessés.

– C'est complètement rocambolesque, s'exclama Oscar.

– J'avoue que ça ne manque pas d'originalité. Mais ces types sont prêts à tout et armés jusqu'aux dents. Je pense que c'est d'abord ça qu'ils veulent nous montrer. Ce qui m'étonne, c'est qu'ils n'aient pas abattu le fou qui s'est jeté sur eux… Ils ont l'air de professionnels mais je parierai qu'ils n'ont jamais tué personne intentionnellement.

– Tout de même, ils envisagent sérieusement de nous faire sauter une grenade à la gueule, dit Mignard.

– Pfff… La mort au bout d'un fil… Une mort qu'ils ne verront même pas… Ce n'est pas la même chose que de tirer à bout portant sur quelqu'un qui supplie… Non, je maintiens que nous avons une toute petite chance de les avoir vivants et je ne la laisserai pas m'échapper. Et vous, inspecteur Oscar, si vraiment nous devons tirer dans le tas, je vous prierai de conserver votre pétard dans son étui. Vous avez un peu trop tendance à écraser les mouches qui n'ont plus d'ailes pour voler.

Oscar acquiesça dans un soupir.

– Comme vous voudrez.

– D'ailleurs, je sais ce qu'on va faire. Vous accompagnerez les victimes et tâcherez d'en apprendre un maximum sur nos hors-la-loi dès qu'ils seront en état de parler. Je ne pense pas que vous aurez besoin de sortir un flingue dans une situation pareille.

Et l'attente reprit. Longue. Pénible. On se grattait le nez, les cheveux, on observait les nouveaux arrivés, les journalistes posaient cent fois les mêmes questions et toujours les mêmes réponses revenaient. On ne savait pas, on ne savait rien et surtout, on commençait à avoir la dalle. Le Grec du coin comprit vite qu'il allait lui falloir décongeler du kebab et des merguez. En rentrant de l'école, sa fille dut se coller à l'épluchage des patates. La journée s'annonçait bonne. Les badauds et les travailleurs trouvaient tout à coup l'endroit impeccable pour déjeuner. Pourquoi aller s'enfermer dans une brasserie ou un restaurant ?

Degrave se rappela qu'un pot-au-feu, un vrai, avec le vinaigre et les cornichons, lui était passé sous le nez. Il commanda un sandwich merguez frites. Les hommes suivirent. Degrave jeta un œil sur ses troupes. Il trouva une fois de plus que les femmes manquaient désespérément dans la police ou tout au moins dans son service. Au fond, les hommes ne connaissaient pas vraiment leur vision du monde et ne se souciaient pas de la connaître, ils préféraient se battre sans répit contre leur propre médiocrité. *Post coïtum, animal triste*… et bête.

Le téléphone sonna. Degrave se rua sur le combiné. Il avait la bouche pleine de graisse et de moutarde et en cracha un peu sur l'appareil. La vie savait mieux que personne mettre le ridicule en scène. Il resta debout un long moment, à écouter son interlocuteur, puis laissa tomber son bras. Mignard et Oscar fronçaient les sourcils. Degrave replaça lentement le combiné sur son support avant de raconter.

Ailleurs, dans un autre secteur de Paris, à la Nationale Banque, avait eu lieu un autre hold-up. Sauf que là-bas, en plus, on avait massacré. À tour de bras. Plus de vingt morts, découpés à la machette. Les salauds qui avaient fait ça avaient eu le temps. Les barrages, les troupes, les connexions, tout l'arsenal policier était concentré sur la rue Oberkampf.

Sous les yeux de Degrave apparurent ses vieux cernes de fumeur, des arcs de cercle marron-violet, incurvés vers le bas et qui vous en rajoutaient pour dix ans. Déjà, il sentait qu'il s'engluait dans cette affaire, qu'elle se compliquait terriblement. Deux hold-up, une prise d'otages et un massacre, le tout en à peine une heure. L'affaire de sa vie, à tous les coups. Il s'en serait bien passé, Degrave, de l'affaire de sa vie. Il n'en avait rien à foutre, de l'affaire de sa vie. Il voulait que le mal arrête un peu de progresser, d'être vicieux et imaginatif et, pire encore, forcément le plus fort puisque sans scrupules. Oui, c'est ça, pour lutter contre le mal, il faudrait être sans scrupules. Mais comment voulez-vous être sans scrupules quand votre droit de lutter et le pouvoir concomitant vous sont donnés par une démocratie ? Était-ce pour ce genre de raison que, peu à peu, son fils s'était tourné vers les théories fascistes qui toutes, sans exception, expliquent qu'il faut supprimer le crime par le crime, ce qui à terme revient à éradiquer le bien ? Est-ce qu'eux, simples flics mais conscients de leurs devoirs, ne pourraient pas de temps à autre coller une balle dans la tête de salauds du genre de ceux qui venaient de massacrer vingt personnes à coups de machette ?

Non.

La réponse à la dernière question ne faisait pas de doute dans l'esprit de Degrave. Ce qui le fatiguait tant, c'était de ne pas avoir de doute sur ce genre de question. Le doute permet de basculer d'un camp à l'autre. S'il avait des doutes, Degrave pourrait se défouler, de temps en temps. Il pourrait gueuler que s'il attrapait ces salopards, il leur arracherait lui-même les couilles et les leur ferait bouffer toutes crues, encore chaudes et salées avec leurs larmes. Mais là-dessus, il avait une certitude : la perfection des démocraties se mesure à la capacité qu'ont les pouvoirs qui les conduisent à ne pas se comporter comme des vandales ou des terroristes. Et la certitude doit supporter son morne anagramme : la rectitude. Alors au lieu de se défouler, Degrave mesurait l'ampleur du travail à effectuer et creusait ses rides à coups de pioche, comme si le monde était Dorian Gray et lui son portrait.

Il envoya Mignard sur place, pour qu'un de ses hommes « voie ce bordel de ses propres yeux ». Il n'aimait pas trop les rapports et avait confiance dans le sens de l'observation de Mignard. Puisque de toute façon il faudrait faire le rapprochement entre les deux affaires…

Oscar, lui, ne s'était posé aucune question de ce genre. Une seule lui était venue à l'esprit : pourquoi un massacre à la machette ? Parce qu'on ne risque pas de se faire choper par la balistique ? La provenance d'une balle, ça se retrouve, pas celle d'une machette. Ou plus exactement pas celle d'une plaie faite avec une machette. Il avait trouvé cette explication un peu sommaire – et surtout ne justifiant pas deux hold-up, une prise d'otages et un massacre – et avait laissé tomber. Maintenant, il était riche. C'était tout ce qui comptait.

L'attente est longue par essence mais en réalité, quand la porte de la banque s'ouvrit et que le rideau de fer se souleva pour laisser passer les otages libérés, une vingtaine de minutes seulement s'étaient écoulées depuis le coup de fil annonçant leur sortie.

Tout le monde avait les yeux rivés sur eux. Enfin cette fichue banque crachait quelque chose. Trois personnes sortirent, effectivement. Une couverture recouvrait leurs têtes, comme des condamnés. Lugubre mise en scène ! Les otages avancèrent vers le centre du grand cercle de sécurité que Degrave avait fait respecter pour le cas où la grenade exploserait. Lui-même attendait au centre de ce cercle, avec Oscar et l'ambulance.

La jeune femme n'avait qu'une égratignure mais elle saignait beaucoup. Le grand type, celui qui avait voulu jouer les héros, avait le haut du buste couvert de sang. La correction avait dû être plus que sévère. Le mari soutenait comme il pouvait les deux blessés en prenant garde à ne pas trop tirer sur le fil qui reliait la grenade à la mort. Il donnait l'impression de vouloir à tout prix mettre de la distance entre lui et sa propre jambe. Autour d'eux, le silence était absolu. Personne ne bougeait. C'était à peine si on s'autorisait à respirer. Les sandwichs à moitié mangés pendaient des mains. Leurs sauces rougeâtres gouttaient sur le trottoir. Les cigarettes se consumaient toutes seules et les canettes ouvertes se remplissaient de mouches.

Quand les otages furent arrivés à sa hauteur, Degrave décrocha la grenade lui-même avec le plus grand soin. Le grand type et la jeune femme s'engouffrèrent immédiatement dans l'ambulance. Degrave tapota l'épaule du mari et lui sourit :

– Ne vous inquiétez pas, tout va bien aller, maintenant, dit-il.

Louis sourit légèrement, lui aussi. Il savait bien que tout ne faisait que commencer.

5

D'abord, il avait fallu calmer Jack. Le colosse pleurait comme un perdu sur la mort de Paol et voulait descendre tout le monde tout de suite. Une longue croisade qui ne se terminerait que lorsqu'il appuierait sur la gâchette pour loger une balle dans la tête du dernier humain encore debout sur cette terre. Louis avait dû lui assener ce sale coup entre les jambes avant de l'assommer. Comment s'y prendre autrement pour abattre un géant ? Puis, avec Sonia, ils avaient attaché tous les otages et les avaient sommés de rester couchés par terre, sur le ventre. Ils avaient vérifié que plus personne ne traînait dans les bureaux et avaient dû se rendre à l'évidence : l'alarme n'avait pas été donnée de l'intérieur.

Ensuite, Sonia et Louis avaient essayé de se calmer. Ils avaient trouvé de quoi se faire un café et c'est en le buvant dans la grande salle, après avoir soigné les deux otages touchés pendant la fusillade, alors que la radio émettait une musique formatée, comme disent les professionnels de la F.M., que Louis avait eu cette idée folle : se faire passer pour des otages libérés par les salopards qui avaient braqué cette fichue banque. Il avait présenté son plan à Sonia et, comme elle était O.K., ils avaient réveillé Jack.

Le colosse n'avait pas trouvé l'idée mauvaise, même si elle lui coûtait cher. Il s'était lui-même arrangé la gueule en se l'éclatant contre le comptoir des guichets. De vrais coups de boutoir, qui faisaient trembler tout l'immeuble. Jack lançait sa tête contre le bois dur suivant une pulsation régulière et presque obsessionnelle. Chaque coup lui ouvrait une partie du visage et laissait sur le comptoir son empreinte de sang. On pouvait penser sans grand risque de se tromper qu'il était en train de régler certains comptes avec la vie. Deux larmes s'étaient frayé un chemin sur les joues de Sonia et Louis comprit à cet instant qu'il avait définitivement changé de vie.

Ensuite, il avait fallu tirer sur Sonia. Louis lui avait bien proposé de faire le contraire mais elle ne s'en était pas senti le courage et elle avait refusé. Et puis elle pensait que ça lui ferait du bien de souffrir, de se concentrer sur une douleur vive mais extérieure. Louis avait visé. La première balle avait été la bonne. Elle avait mordu dans la viande de l'épaule, ouvrant une large plaie, avant de finir sa course dans un mur. Sonia s'était mordu les lèvres. Elle était devenue toute blanche mais ne s'était pas évanouie. Jack avait gémi. Il s'était éclaté les arcades sourcilières et on ne voyait plus de lui que deux yeux derrière un rideau de sang. « Ça suffit comme ça », avait dit Louis. Jack s'était arrêté et avait remis sa cagoule.

Puis il avait fallu attendre. Attendre pour être crédible, malgré tout le sang qui coulait et les corps qui menaçaient de se vider complètement. Louis avait fait un garrot plus ou moins grossier au bras de Sonia, garrot qui lui en avait rappelé un autre, et lui aussi il aurait bien sucé ce bras blanc strié de rouge, comme elle lui avait sucé la cheville. Un désir de materner, de retrouver des gestes simples et réconfortants.

Au bout d'un quart d'heure, Louis avait téléphoné. Il avait parlé dans un chiffon, pour maquiller sa voix. Après avoir raccroché, il avait jeté un œil sur Jack. Il aurait voulu nettoyer tout le sang qui coulait sur le visage du colosse mais c'était impossible. On ne soigne pas celui qu'on punit. Tout de même, il lui avait apporté de l'eau. Jack avait balayé la bouteille d'un grand revers de la main et Louis s'était brusquement écarté.

Pour finir, avant de sortir, il avait fallu assommer et endormir les vrais otages. Jack s'y était collé. Il en avait bien esquinté un ou deux mais, globalement, il n'avait pas abusé de la situation. Ça n'avait pas cessé de gémir et pour que ce soit moins insupportable, ils avaient monté le volume de la radio. La merde soupeuse qui s'en déversait était presque du niveau des gémissements mais était tout de même plus irréelle. Comme quoi parfois le néant réconforte. Pour plus de sûreté, Louis et Sonia avaient fouillé les poches des clients et des employés à la recherche de barbituriques. Ils avaient été impressionnés par la quantité de médicaments qu'ils avaient trouvés. De quoi assommer douze régiments au moins. Ils avaient fait avaler tout ça à leurs victimes et avaient éteint la radio pour avoir un peu de silence. Oui, juste un peu de silence avant d'emprunter ce chemin de bruit et de fureur qui allait être le leur. Puis Louis avait fixé la grenade à sa jambe et l'avait reliée par un fil à une poignée de porte. Ils auraient pu faire tout cela avant de se blesser mais ç'aurait été autant de temps perdu sur le sommeil de leurs témoins.

Enfin, il avait fallu y aller. Une couverture sur la tête

pour se montrer le moins possible – ça passerait pour de la mauvaise mise en scène – et c'était parti !

Personne n'avait tiré. Louis avait commencé à se sentir plus chaud, à l'intérieur. Tout de même, le chemin lui avait semblé interminable. Sa plus grande trouille était qu'un client se réveille, se libère, et tire sur la ficelle… Jack et Sonia pesaient sur ses épaules. Le colosse était censé être faible mais, au fur et à mesure qu'ils approchaient des flics, Louis sentait sa pogne lui broyer la clavicule.

Au bout du chemin, il y avait un homme qui souriait. Un homme qui avait une bonne tête. Louis avait l'impression que ça faisait une éternité, peut-être même deux, qu'il n'avait pas vu une bonne tête. Et il avait sourit, lui aussi.

Maintenant, il était dans l'ambulance avec ses copains, un infirmier, un chauffeur et un inspecteur de police. Les barrages étaient passés mais il allait encore falloir agir, être violent probablement, et Louis était épuisé. Il cligna de l'œil à Sonia qui plissa ses lèvres dans un vague sourire. Elle caressait machinalement la bande qui lui enserrait le bras. Jack gardait les lèvres serrées. Un infirmier lui avait nettoyé le visage et passait une pommade apaisante sur ses plaies et ses ecchymoses. Tous les trois jetaient de temps à autre un coup d'œil sur l'inspecteur de police qui ne cessait de les observer.

« Ils sont complètement fous. J'ai jamais vu un coup de poker pareil ! » pensait l'inspecteur Oscar. Il savait évidemment à qui il avait affaire, et il n'en revenait pas. Il n'aurait pas parié le plus petit centime sur un coup de bluff pareil. Dans un sens, il admirait ces tocards qu'Hensley avait désignés à la mort. De l'autre, il ne pouvait s'empêcher de pester. On pouvait considérer que le metteur en scène s'était trompé. Ses comédiens s'étaient mis à écrire leur propre texte et c'était assez dérangeant pour ceux qui, comme Oscar, auraient préféré s'en tenir à leur rôle. Ces gens n'auraient-ils pas dû péter les boulons et se faire abattre après avoir fait un barouf du tonnerre ? Qui, maintenant, allait devoir se taper le sale boulot ?

« Bon », dit-il presque tout haut. Et il sortit son arme.

L'infirmier ouvrit des yeux ronds comme des calots de cent.

– Toi, ta gueule, dit Oscar à l'infirmier en lui frappant la nuque de sa crosse.

Sonia et Louis sursautèrent. Ils n'avaient pas vu le policier sortir l'arme qui était maintenant braquée sur eux.

– Qu'est-ce qui se passe ? demanda le chauffeur.

– Il se passe qu'on ne va plus à l'hôpital. Nos clients ont plutôt besoin de se détendre et un petit tour à la campagne leur fera le plus grand bien.

– Mais..., protesta le chauffeur.

– Mais quoi, dit Oscar en collant violemment le canon de son arme dans la nuque du contestataire, tu préfères crever, c'est ça ? Tu préfères aller en enfer plutôt qu'à la campagne ?

– Qu'est-ce que c'est que ce cirque, demanda Sonia, et elle se retrouva avec le canon appliqué entre les deux yeux, juste à la base du nez.

L'inspecteur prit une voix doucereuse.

– Vous êtes Sonia... Le grand doit être Jack et le petit futé Louis.

– Oh non ! s'exclama Sonia.

– Ah ça, vous êtes pas vernis ! J'ai été désigné d'office.

Louis soupira et ferma les yeux.

– C'est pas vrai, dit-il.

– Alors c'est vous, dit Jack en relevant lentement la tête.

– Oui, c'est moi. Moi qui ai donné l'alerte, moi qui ai tiré dans la devanture pour foutre le bordel et moi qui ai descendu votre copain.

– Un coup monté, dit Louis dans un souffle.

– Oui, et qui a bien marché. Sauf qu'à l'heure qu'il est, vous devriez être morts.

– Comme Paol, dit Jack d'une voix étrangement calme.

– C'est ça, comme Paol. Mais ce n'est plus qu'une question de…

Oscar n'eut pas le temps de finir sa phrase. Jack s'était jeté sur le policier avec une rapidité foudroyante et, déjà, il lui broyait la glotte avec ses pouces. Oscar n'eut que le temps d'apercevoir les quatre-vingt-dix kilos de muscles fondre sur lui. Dès cet instant, il sut qu'il allait mourir et il eut follement envie qu'on repasse le film en arrière, qu'il puisse reprendre son erreur. Ne pas, ne jamais sous-estimer les tendances suicidaires d'un fauve en cage. Il vida le chargeur de son arme dans le ventre du colosse, à tout hasard, au cas où la mort s'occuperait d'abord de l'autre. Évidemment, viser au cœur eût été préférable, mais c'était impossible. On a beau dire, on ne fait pas toujours ce qu'on veut dans la vie. C'est sur cette réflexion stupide et certainement déplacée qu'il mourut. Il vit la bouche tuméfiée de Jack esquisser une grimace et sentit subitement craquer sa nuque. Il croyait que dans ce genre de cas, on perdait immédiatement conscience. Il se rendit compte que c'était faux. Il eut le temps de se voir mourir et crut même qu'il allait se mettre à pleurer. La douleur qu'il ressentait au cou disparut subitement, puis il sentit du froid, du froid partout. Les bruits s'éloignèrent, et la lumière, et puis plus rien. Un très bref instant, il vit le néant. C'était absolument horrible. Dans d'autres circonstances, on dirait qu'il aurait préféré mourir plutôt que de voir ça.

Jack s'effondra avec le policier. Il râlait et du sang sortait de sa bouche. Sonia se rua sur lui, attrapa sa tête et la posa sur ses genoux. Elle se tourna vers l'infirmier qui se remettait de son coup de crosse.

– Mais faites quelque chose ! hurla-t-elle.

L'infirmier répondit d'une voix douce, ses paumes vides tournées vers le ciel :

– Mais madame, on ne peut plus rien faire, dit-il, et ce « madame » sonna curieusement aux oreilles de Louis.

– Plus rien ? demanda Sonia.

– C'est fini.

– Fini ?

Elle regardait, incrédule, le visage torturé de Jack. Elle se dit que pendant une heure, le colosse n'avait fait que souffrir. Pour rien. Paol était mort aussi et elle avait l'impression que c'était une famille entière qui venait d'être exterminée. Sa famille. La seule qui avait jamais valu le coup. Celle qu'on se fait au fil du temps et des rencontres.

Louis s'approcha d'elle mais elle le repoussa. Il ne faisait pas partie de la famille. Peut-être aurait-il pu, un jour, mais plus maintenant. Plus jamais. Il n'y avait plus de famille. Louis comprenait ça. Ou avait l'impression de le comprendre. De toute façon, il ne venait pas consoler Sonia, il savait que ce n'était pas dans ses prérogatives. Il venait simplement récupérer l'arme. C'était très terre à terre mais indispensable. Malgré l'immense fatigue qu'il ressentait, il fut assez prompt, profitant de cet instant suspendu pendant lequel mouraient les hommes. L'infirmier se recula et demanda de lui-même à son collègue de continuer à rouler. Il pensait que quand les morts commencent à tomber, on ne sait pas quand ça s'arrête, et il espérait secrètement ne pas faire partie du lot de ceux qui restaient à venir.

L'enquête

I

CE MATIN-LÀ, quand Degrave ouvrit les yeux, il ne se demanda pas si une nouvelle catastrophe allait bouleverser sa vie. Il avait assez à faire avec la dernière. Élisabeth dormait encore. Il avait envie de lui parler mais se contenta de se lever en soupirant sans discrétion. Sait-on jamais, peut-être se réveillerait-elle ?

Rien.

Il la regarda dormir et lui embrassa les cheveux en inspirant fortement pour s'imprégner de son odeur. Elle ne remua même pas la tête, comme elle le faisait parfois en émettant un léger grognement. Degrave soupira une seconde fois, plus doucement, et sortit de la chambre avec ses vêtements sous le bras. Il s'habilla dans le salon puis se rendit dans la cuisine où il prépara un café en écoutant la radio. Le ridicule de la police dans l'affaire du double hold-up continuait de faire la une.

« Trois jours après les faits, la mortelle cavale de deux des malfrats ayant participé au hold-up de la rue Oberkampf continue. La nuit dernière, on a retrouvé les corps des deux infirmiers aux alentours de Caen. Ils ont été poi-

gnardés avant d'être abandonnés dans une grange. Cette macabre découverte, après celle, hier matin, du troisième malfrat et de l'inspecteur de police Oscar Niemans, fait ressortir le spectre de Mesrine. Avons-nous affaire à de nouveaux ennemis publics ?

» D'autre part, il n'y a toujours pas l'ombre d'une piste en ce qui concerne le hold-up de la Nationale Banque. Cette affaire de double hold-up fait ressortir des carences dans l'organisation de la sécurité de la capitale. Les syndicats policiers réclament la démission du ministre de l'Intérieur... »

Degrave éteignit le poste. Des malfrats...

Il revoyait encore la tête des faux otages et surtout celle de la fille, qui lui rappelait Paulette Goddard. Depuis qu'il les avait vus à la banque, il était persuadé qu'il avait déjà eu affaire, de près ou de loin, à ces individus. Il farfouilla dans ses archives mentales. Quelqu'un lui avait parlé de Paulette Goddard, il n'y avait pas si longtemps, au cours d'une affaire. Une petite affaire de rien du tout, qui n'avait même pas abouti à une plainte. Il y avait un colosse, aussi... Oui, c'était ça ! Le colosse, l'affaire des guéridons maniés comme des battes de base-ball. Le café détruit. Chez Henri. Patron sympa. Un peu moraliste, mais sympa. Paulette Goddard, un colosse complètement déjanté et un Espagnol. Sonia, Jack et Paol, si sa mémoire était bonne.

Jack, le colosse, répondait bien à la description des témoins et du patron de café. Un type qui dégageait une puissance hors du commun. Sa séance d'autotabassage était peut-être ce qui avait le plus traumatisé les otages. « Horrible » était le mot qu'ils chuchotaient le plus souvent, quand ils ne gardaient pas tout simplement le silence avant de se mettre à pleurer. Pour l'Espagnol, il n'y avait pour ainsi dire aucun doute, tous les otages avaient entendu le colosse hurler son nom, Paol, le même que celui que lui avait donné le patron du café. Quant à Paulette Goddard, Numéro 2, Degrave avait lui-même fait le rapprochement. Aucune autre personne n'avait évoqué cette vague ressemblance. Il faut dire que ça se passait surtout au fond des yeux. La jeune mariée était beaucoup moins jolie que l'actrice et sourire ne semblait pas faire partie de ses expressions favorites.

Restait le quatrième larron, Numéro 1. Totalement inconnu au bataillon. Le chef, peut-être…

Degrave se servit son café. Après trois jours d'atermoiements et d'engourdissement cérébral, la réflexion repartait. Quand il avait compris comment les gangsters s'étaient tirés à son nez et à sa barbe, il avait été tellement abasourdi que son cerveau s'était comme mis en stand-by.

Il se souvenait encore de cet instant où un type hagard était apparu à la porte de la banque alors qu'aucun coup de fil ne les avait prévenus. Il était sans arme mais les bras ballants. Les tireurs du GIGN avaient immédiatement épaulé leur fusil et mis le type en joue. Leurs index bougeaient d'un demi-millimètre et c'était la mort. Une femme était alors sortie, suivie d'un autre homme et puis d'un autre et encore d'une femme… Degrave avait regardé avancer la procession comme s'il était au cinéma. Il n'arrivait pas à croire que les gens qui marchaient devant lui étaient bien vivants. Enfin le premier homme qui était sorti avait parlé. Il avait simplement dit :

– Ils sont partis.

Et le scandale avait commencé. Un scandale dont Paul Degrave, le commissaire ridiculisé, aurait probablement du mal à se remettre. Mais il s'en foutait. Ce qu'il voulait, c'était comprendre, et il était content que son cerveau fonctionne à nouveau parce que comprendre sans cerveau…

Il eut une forte envie de fumer une cigarette, comme à chaque fois qu'il réfléchissait intensément à une affaire. Après tout, pourquoi pas ? Juste une, avec son café. Seulement la plus dure, pour que la pensée ne s'arrête pas. Son fils en avait, il n'avait qu'à aller lui en prendre une…

En prendre une ? Dans la chambre de Petit Pierre ? Cette chambre aux murs couverts d'armes blanches, de slogans nazis et de croix gammées ? Sans parler des posters géants d'Hitler et de Jean-Marie Le Pen, collés face à face et se saluant mutuellement, avec Mégret punaisé sur la porte pour faire l'arbitre… Non, Degrave ne fumerait pas non plus ce matin. Il devrait tout de même ça à son fils. Comme il lui devrait aussi, hélas, de ne plus penser à son affaire mais de revenir sur ces questions mille fois ressassées.

Comment Élisabeth et lui avaient-ils pu être incapables à ce point de voir grandir la bête en leur fils ? Comment lui-même avait-il pu se laisser prendre à ce jeu ? Y croyait-il vraiment ? Aujourd'hui, ils ne cherchaient plus à le comprendre, ils cherchaient à le cacher. Ils avaient honte et c'était tout. Un peu comme les parents d'enfants drogués, qui mettent des années à admettre que leur enfant se pique et qui, une fois qu'ils ne peuvent plus détourner les yeux, n'ont plus qu'une envie : le foutre à la porte.

C'était venu tout doucement, au lycée… Les mauvais copains, sans doute. Trop blancs, trop riches, trop pauvres ou tout simplement trop cons. Les parents ont toujours un mal de chien à admettre que leur progéniture est pour moitié élevée par la vie, le lycée, les copains ou l'équipe de foot et non par eux. Ils s'imaginent tout-puissants et découvrent au bout d'un moment des mômes qu'ils se rappellent à peine avoir eus. Et les « tu sais ça, toi ? » commencent à fuser.

Degrave se souvenait de cela. Comme du moment où son fils ne lui répondait plus qu'agacé à toutes ses questions. Comme si se mêler de sa vie était l'insulte suprême. Et Degrave et Élisabeth avaient eu la faiblesse de se vouloir tolérants. Ils avaient attendu en se rassurant avec la panoplie de réflexions toutes faites que tout le monde vous sort. « Ça lui passera », « ces jeunes, y sont comme ça », « ça se croit grand, mais ça revient toujours »...

Et puis tous les deux travaillaient et commençaient à se dire qu'ils allaient finir par vieillir. Il leur fallait réapprendre à s'occuper d'eux, aussi. Pouvaient-ils s'en vouloir ?

Après, les premiers signes vraiment inquiétants étaient apparus, comme certains bouquins qu'on lui prêtait et qu'il disait lire « pour voir ».

Qu'on le veuille ou non, les théories fascistes ont quelque chose de fascinant pour les jeunes. Tous ceux qui revendiquent la pureté et l'absolu les fascinent à un moment ou à un autre. C'est quasiment imparable. Ce qui compte, c'est de savoir ce qu'on fait de cette fascination, et c'est à ce moment-là que Degrave aurait dû intervenir, expliquer que tous les idéaux de pureté puent la mort, que la perfection n'a rien à voir avec la vie et qu'il n'y a pas de ligne droite sans uniformité, que toutes ces histoires de monde parfait ne peuvent finir que dans le sang, la torture et l'abolition de toute liberté. Au lieu de cela, au lieu de faire du forcing pour discuter, il avait attendu que « ça passe ».

Faute grave.

La musique skin et les posters avaient commencé à

débouler dans la maison. Dans la foulée, pour lutter contre l'oppression bourgeoise et ne pas être atteint par la gangrène démocratique, Petit Pierre avait décidé, à l'occasion de cette nouvelle rentrée, de ne plus mettre les pieds au lycée – il avait manqué son bac l'année précédente. La lourde machine à récolter les échecs était en marche. Là, Degrave avait vraiment voulu discuter, mais n'en avait jamais trouvé l'occasion.

Il se servit un second café en soupirant. De toute façon, maintenant, il devait considérer son fils comme un individu avec lequel il s'entendait ou non. Mais tout de même, il aurait préféré que Petit Pierre fût un drogué ou un assassin. Un type qui tue une fois, on peut essayer de lui pardonner. Un drogué, on peut encore l'aimer, il subit la mort plus qu'il ne la répand. On peut même essayer de l'aider. Mais un presque homme à priori conscient de ses actes et prêt à promulguer la haine, l'intolérance, la violence, l'ethno-génocide, le racisme, l'inculture, la dénonciation, l'esclavagisme, l'asservissement des masses en général et de la femme en particulier, comment ne pas le haïr, fût-il votre propre fils ?

Il en était là de ses réflexions quand Petit Pierre entra dans la cuisine. Le grand jeune homme blond, les yeux encore tout bouffis de sommeil, ne dit pas bonjour, sortit une casserole et mit du lait à chauffer. Degrave n'en revenait toujours pas : c'est prêt à vous massacrer les gens par peuple entier et ça boit du lait ! Du chocolat au lait ! Étonné de le voir debout de si bonne heure, et malgré la gêne qu'il éprouvait à cause des pensées qui lui occupaient l'esprit, il parla à Petit Pierre d'une voix assez douce.

– Qu'est-ce qui te prend de te lever si tôt ? Tu retournes au lycée ?

L'espoir, encore l'espoir…

– C'est ça, rêve, répondit Petit Pierre.

Degrave rassembla plus de courage qu'il lui en aurait fallu pour prendre Mesrine d'assaut à lui tout seul. Pour quelle raison avait-il décidé, ce matin-là, de tenter encore une fois de discuter ?

– Il va pourtant bien falloir que tu te mettes à quelque chose.

– Ah ouais ? Et pourquoi ça ? Pour aller où ?

– Tu ne vas pas me ressortir l'histoire du chômeur diplômé !

– Pas la peine. En ce moment, j'ai celle du commissaire ridiculisé qui cherche à expliquer la vie à son fils.

Degrave inspira profondément.

– Je ne vois pas le rapport.

– Le rapport, c'est que si cette société de merde en avait fini avec sa bourgeoisie minable et sa démocratie mollassonne, t'en serais pas là. Tes cavaleurs seraient arrêtés depuis longtemps.

– Tu veux dire assassinés ?

– Et pourquoi pas ? Quand tu sais pas respecter l'ordre, il faut pas t'attendre à ce qu'il te respecte.

– Parce que vous le respectez, vous, l'ordre, avec vos provocations minables, vos bastons à quinze contre un et vos actes de vandalisme ? On t'a jamais dit que tout État fasciste se fondait sur le vol et la crapulerie ? Et les collabos, culs et chemise avec le grand banditisme ? Et Mussolini, qui faisait copain copain avec la mafia ? Sans parler de ton terroriste favori, qui s'en donnait à cœur joie au début des années trente…

– Ça va, arrête ta litanie, je la connais par cœur. On a pas à respecter un ordre qui laisse les pédés, les Arabes et les youpins prendre le pouvoir. C'est tout.

– Mais nom de Dieu, qu'est-ce qu'ils t'ont fait, les pédés, les Arabes et les youpins ?

Petit Pierre haussa les épaules.

– Je ne vois même pas pourquoi je discute avec toi.

Degrave essaya de se calmer et avala une gorgée de café. Il était tiède.

– Enfin, Petit Pierre, explique-moi. Où est-ce que j'ai merdé ? Comment as-tu pu te mettre à penser des conneries pareilles ? Qu'est-ce que t'es allé foutre avec cette bande de dégénérés ?

Petit Pierre touillait son chocolat. De la mousse de lait collait à sa lèvre supérieure.

– Qu'est-ce que tu lui trouves, à ton Dany ?

Petit Pierre sursauta. Il foudroya Degrave du regard.

– Comment tu sais que je connais un Dany ?

Le commissaire se gratta les cheveux et parla d'une voix plus calme, pour cacher son désarroi.

– Je le sais. C'est tout.

– Tu m'espionnes, dit Petit Pierre après un petit moment de réflexion… Tu m'espionnes et tu voudrais que je te fasse confiance !

Maintenant, tout était perdu, Degrave le savait. Il essaya tout de même de dire quelque chose avant que la guerre devienne définitive.

– Petit Pierre, ne mélange pas tout. Je voulais juste savoir…

– Tu voulais juste savoir si je ne risquais rien, c'est ça ? Allez, j'en ai ras le cul de cette baraque. Je me tire.

Petit Pierre se leva en renversant son bol. Degrave se mit à crier.

– C'est ça, tire-toi, tu t'es trouvé une bonne excuse et maintenant tu peux le faire… Ils sont tous aussi lâches que toi, tes nazillons ?

Petit Pierre eut un mouvement vers son père mais celui-ci lui colla une telle baffe que le jeune homme valdingua dans le couloir. Il buta contre Élisabeth qui arrivait en courant. Elle se figea et Petit Pierre se trouva pris en sandwich entre ses deux parents. Il leur lança un regard dédaigneux et se réfugia dans sa chambre. Degrave et Élisabeth restèrent un long moment dans le couloir, à écouter les bruits que faisait leur unique fils. Le commissaire se sentit soudain vieux. Il regardait sa main comme une bizarrerie de l'existence, une excroissance incertaine mais indélébile. Quand son fils sortit de sa chambre, Degrave devait bien avoir dans les cent dix ans. Petit Pierre se dirigea vers lui. Il s'écarta, la tête baissée et le cœur éteint. Au moment où le jeune homme qui avait été son fils fit claquer la porte d'entrée, il releva les yeux. Élisabeth le regardait durement et il se demanda combien de temps ils auraient à supporter leurs solitudes, tous autant qu'ils étaient.

2

Louis avait l'impression d'être revenu à la case départ, sauf qu'avant la situation était grave et que maintenant elle était pire. Il n'était plus précisément un sans domicile fixe. Tôt ou tard, on lui en proposerait un, de domicile, très fixe, et pour une longue durée... Mais il n'en voulait pas.

Pour le moment, lui et Sonia s'étaient dégotté une grande brasserie abandonnée en bordure de nationale. Un héritage qui n'avait tenté personne, sans doute ; ou une faillite. Ils étaient restés là deux jours sans bouger, emmitouflés dans la couverture dont ils s'étaient servis pour sortir de la banque. La grande bâtisse avait apparemment abrité un restaurant et un billard. Beaucoup de bois coupé était entassé dans un appentis et il leur avait fallu un certain courage pour ne pas allumer un bon feu dans la grande salle, mais ils avaient eu peur que la fumée qui sortirait de la cheminée éveille l'attention. Au fond de la cave, pourtant sérieusement pillée, ils avaient découvert une vieille bouteille d'armagnac qu'ils avaient vidée dès le premier soir, un peu en guise de deuil et surtout pour rechercher la plus banale des choses que peut offrir l'alcool : l'oubli.

Le lendemain, ils s'étaient remis de leur fatigue et de leur cuite.

Le surlendemain, Sonia partit faire des courses. Le village était à environ cinq kilomètres et elle les fit à pied sans problème. Après avoir fait quelques achats de première nécessité, elle acheta deux journaux au hasard. Elle parcourut rapidement les articles qui les concernaient et revint presque en courant.

La soupe était amère.

– Écoute, dit-elle en entrant en trombe dans la grande pièce, complètement essoufflée et tremblante d'indignation. Écoute ça.

– Attends ! T'as du café ? Du pain ?

Elle balança son sac en plastique.

– Là-dedans !

– O.K. Je fais le café et je t'écoute. Bon sang, je sais pas comment tu fais pour pas avoir faim.

– J'ai bouffé un croissant, tout simplement. Je t'en ai apporté un. Tiens, comble un peu tes trous avec ça et écoute. Tu verras qu'après, t'auras plus tellement envie de bouffer.

Elle donna le croissant à Louis et s'assit sur un des rares tabourets de bar qui n'avait pas été détruit. Sa voix résonnait dans toute la pièce mais elle ne parvint pas à baisser le ton, tant elle était énervée.

– Torchon numéro un : « MORTELLE CAVALE, Jusqu'où iront les évadés d'Oberkampf ? »

– C'est nous, ça, les évadés d'Oberkampf ? demanda Louis.

– Qui veux-tu que ce soit ?

– Vas-y, je t'écoute.

– « L'affaire du double hold-up connaît une suite sanglante. L'ambulance qui avait permis aux fuyards d'échapper aux barrages a été retrouvée hier matin aux alentours de Pont-de-l'Arche… »

– Pont-de-l'Arche ? Mais c'est en Normandie, ça ? On n'a jamais foutu les pieds en Normandie, nous !

– Attends ! « … Les corps de deux hommes gisaient à l'intérieur. Le premier a pu être identifié. Il s'agit d'Oscar Niemans, l'inspecteur chargé d'accompagner ceux qui se sont avérés être de faux otages. Il serait mort étranglé après avoir vidé son chargeur sur son agresseur. Cet agresseur, dont l'identité reste inconnue, est mort des suites de ses blessures. Le ministre de l'Intérieur a proposé que l'inspecteur, Oscar Niemans, soit nommé à titre posthume commandeur de la Légion d'honneur. »

– La Légion d'honneur ? Ah, les cons ! S'ils savaient…

– Le plus beau reste à venir : « Les deux infirmiers, eux, ont été retrouvés hier soir, morts, à cent kilomètres de là, dans une grange abandonnée aux environs de Caen, ligotés et bâillonnés. Ils ont été poignardés. Il s'agit de Camille Austin, vingt-sept ans, père d'un enfant de trois ans, et de Jérôme Sonchamps, vingt-quatre ans, célibataire. »

Louis s'arrêta au milieu de ses préparatifs et resta les deux bras suspendus en l'air, presque à l'horizontale, comme un crucifié.

– Qu'est-ce que c'est que ce bordel ?

– « On n'a toujours pas retrouvé trace des deux fuyards. Rien ne prouve qu'ils soient restés dans la région mais les préfets du Calvados et de l'Eure appellent les populations concernées à la prudence. Les deux individus en fuites sont considérés comme extrêmement dangereux… »

– Ça va, ça va. Je suppose que l'autre journal raconte la même chose ?

– Grosso modo, oui.

– C'est à n'y rien comprendre.

Abasourdi, Louis continua de préparer le café. Il avait trouvé une bouteille de gaz à moitié pleine et bricolé un vieux brûleur de gazinière. L'eau minérale bouillait. Sonia écarta les journaux du bar et s'y accouda.

– J'ai rapporté des cigarettes, aussi. Tu en veux une ?

– Le moment ne me semble pas idéal pour arrêter de fumer.

Ils allumèrent leur cigarette et la fumèrent en silence. Louis farfouilla dans les placards derrière le comptoir et dénicha deux tasses qu'il essuya avec un morceau de PQ. Tous les deux étaient pensifs. S'ils reprenaient leur propre trajectoire, ils s'étaient dirigés avec l'ambulance vers Orléans et l'avaient larguée dans les environs de la ville après avoir bâillonné les deux infirmiers. Ensuite, ils avaient volé une voiture et s'étaient rendus à Clermont-Ferrand, où ils avaient emprunté les transports en commun pour descendre vers le sud-ouest et finalement échouer dans cette ancienne brasserie.

– Oui, bâillonnés, pas poignardés, murmura Sonia.

– C'est insensé, enchaîna Louis. Complètement insensé. Je n'ai jamais tué personne… Tu as déjà tué quelqu'un, toi ?

– Moi, non.

– Donc, on n'a jamais tué personne et tout le monde crève autour de nous. Bientôt, ils vont nous soupçonner d'avoir un don d'ubiquité et nous coller les meurtres de la Nationale Banque sur le dos…

– C'est quoi, ça, l'ubiquité ?

– Le don de pouvoir se trouver à deux endroits en même temps.

– Ça doit être ça…

Ils burent la fin de leur café en silence. Louis observait Sonia. Elle avait les yeux dans le vague.

– Ça va, ton bras ? demanda Louis.

– Ça… ça peut aller.

La plaie avait en effet cicatrisé sans problème. L'infirmier qui était à l'arrière avec eux s'en était bien occupé.

– C'est horrible, quand même, dit Sonia… les pauvres types.

– Tu parles des infirmiers ?

– Je parle de tout le monde.

Louis se resservit un café et le touilla bruyamment. Ils n'avaient pas encore abordé le sujet de leurs morts. Enfin, surtout de ceux de Sonia. Ils avaient seulement bu, l'autre soir. Bu en silence jusqu'à en être malades.

– Écoute Sonia, je sais que…

Sonia l'interrompit violemment.

– Non, tu sais pas et tu sauras jamais !… C'est peut-être dégueulasse mais je t'en voudrais toujours pour la mort de Paol et de Jack. Et c'est d'autant plus dégueulasse que t'avais raison et qu'on aurait tous dû crever là-bas. Ah, si t'avais pu me convaincre, l'autre nuit… Alors oui, c'est vrai, j'ai pas voulu ouvrir les yeux au bon moment et une fois qu'on s'est trouvés dans la merde, c'est toi qui nous a sauvés avec ta solution miracle. Mais qu'est-ce que tu veux que j'en fasse, moi, d'une solution miracle qui m'a bouffé la seule famille que j'avais ? La seule qu'en valait la peine, en tout cas ? Hein ? Qu'est-ce que tu veux que j'en fasse ?

Elle se mit à pleurer. Louis ne la toucha pas.

– Enfin merde, Sonia, ça faisait pas partie de ma solution, ça ! Ça faisait partie de la mise en scène de… Bon sang, Hensley !

Sonia n'écoutait pas. Elle était affalée sur ses coudes, la tête au creux des bras. Louis lui toucha l'épaule du bout du doigt.

– Oh, Sonia, tu m'écoutes ?

Elle leva la tête.

– Hensley…

Louis parlait comme un illuminé.

– Quoi Hensley ?

– Ça va te paraître dingue, mais je ne vois qu'Hensley pour nous sortir de là.

Sonia releva la tête et s'essuya les yeux. Le tour de ses lèvres était encore rouge. Elle renifla bruyamment.

– Hensley ? Mais tu te rends pas compte de ce que tu dis !

– Oh, que si, je m'en rends compte… Réfléchis un peu… Tu disais tout à l'heure qu'on aurait tous dû y passer. C'était vrai avant, mais aujourd'hui, Hensley ne veut plus forcément notre mort. Les deux infirmiers, ça ne peut être que lui… Il a voulu brouiller les pistes.

– Et pourquoi il aurait fait ça ?

– Pour pas que les autres nous trouvent.

– Pour pas que les autres nous trouvent ! Pour pas qu'on parle, oui ! Pour être bien sûr que ce soit lui qui nous tue. Ce type règle tout par la mort. Lui et son putain de sixième doigt ! Le jour où on l'a rencontré, on ne le savait pas mais on est entrés en enfer !

– Alors pourquoi il nous aurait pas zigouillés en même temps que tout le monde ? Pourquoi aurait-il pris le temps de reconduire l'ambulance à Trifouillis-les-Oies ?

Parce qu'enfin, est-ce que tu vois quelqu'un d'autre qui aurait pu faire ça ? Je veux dire que lui ou un de ses hommes ?

Sonia ne trouva rien à répondre.

– J'ai bien dit qu'il ne voulait pas *forcément* notre peau, enchaîna Louis. Les flics, si. Tu sais comment ils sont. Ils trouvent toujours. Ils sont payés pour ça et on a beau critiquer les fonctionnaires, ces gens-là finissent par faire leur boulot. Et n'oublie pas qu'officiellement, on a abattu un des leurs ! Non, décidément, Hensley est la seule carte qu'il nous reste à jouer. Si c'est lui qui nous a menés en enfer, il doit avoir les clés pour en sortir… Et puis, si ça se trouve, en le voyant, la seule envie qu'on aura, c'est de le tuer, lui. C'est un risque à prendre dans un sens comme dans l'autre…

Sonia regardait froidement Louis.

– Ce que tu peux être cynique, dit-elle. D'où tu viens, au juste ?

– C'est une question que j'ai jamais eu le droit de vous poser. Il n'y a pas de raison que j'y réponde. Sinon je pense pas être cynique. J'ai seulement envie de vivre et tu t'es pas encore collé une balle dans la tête. Alors je pose la question : qu'est-ce qu'on se donne comme moyens ?

Les paroles de Louis eurent sur Sonia l'effet d'une barrette d'amphétamines. Elle se redressa brusquement, roula la couverture. Son revolver était dessous. Elle le passa dans la ceinture de son jean.

– O.K., dit-elle. Mais je garde le revolver et je garantis pas de pas descendre l'autre ordure. On commence par quoi ?

Louis sourit. Pour la première fois depuis longtemps, en fait depuis qu'un jour son patron lui avait fait comprendre qu'il était un inutile bout de gras qui s'accrochait à un cœur malade, il eut la sensation qu'il reprenait sa vie en main. Il répondit joyeusement :

– Par piquer une bagnole. Si ma version est la bonne, nous trouverons Hensley à la propriété.

– C'est moi qui pète le Neyman.

– Si tu veux.

Sonia gambadait presque. Louis se rendit soudain compte qu'elle était beaucoup plus jeune que lui. Il se demanda comment la France pouvait estimer qu'elle tournait rond alors qu'elle jetait ses enfants à la rue et les laissait se faire dévorer par le froid, la misère et la faim.

3

Petit Pierre marcha longtemps dans la ville, plus ou moins au hasard, s'arrêtant de temps en temps, comme pour choisir sa route. Mais en fait, il savait que désormais il ne pourrait plus reculer. Et ne plus reculer signifiait abandonner définitivement son enfance. Il se laissa un moment errer dans ce *no man's land* qu'il lui fallait traverser avant de rejoindre sa future existence. Ce n'était pas désagréable. Il se surprit même à penser qu'il faudrait que ce soit toujours comme ça. Qu'il n'y ait rien à choisir. Pas de pas à franchir. Seulement un long désert à traverser de la naissance à la mort.

Pourquoi lui avait-il fallu cultiver ce désert ? Le remplir de héros et de certitudes ? Il n'en savait rien. Un petit bout de terre était encore en friche et il aurait aimé, à cet instant, y planter sa tente, s'asseoir dans une chaise longue et regarder l'humanité se débattre sans lui. Ne pas contribuer au monde. Attendre qu'il le serve ou le desserve.

Mais les chemins tracés ne se laissent pas facilement envahir par les mauvaises herbes. Peu à peu, un désherbant des plus puissants, l'angoisse, le rappela à ses convictions premières et Petit Pierre retourna près de ses certitudes. Que ce qu'il pensait soit juste ou injuste n'avait au fond pas d'importance, l'essentiel était qu'il puisse s'appuyer dessus en toute confiance.

Son pas se fit plus rapide, la direction se précisa, et bientôt, il entrait chez Günter, gonflé à bloc. Il avait largué sa timidité et sa réserve dans ce dernier regard qu'il avait jeté à son père, cet homme qui avait fini par s'écarter de son chemin et qui ne méritait au fond que son mépris.

Günter était seul. Il faut dire qu'il était très tôt et que le café n'était déjà ouvert que parce que son patron souffrait d'insomnie. Le reste de la compagnie se reposait des agapes de la nuit. À cette heure de la matinée, même les nazis ont besoin d'humanité, et Günter avait laissé retomber ses épaules massives. Il ne souhaitait impressionner personne.

– Salut, dit-il à l'entrée de Petit Pierre. Tu vas ?

– Bien, oui… Très bien. Tu me fais un café ?

– Avec plaisir, pote… T'es tombé du lit ?

– Un peu, oui… Dis-moi, c'est vraiment ton prénom, Günter ?

Tailler une bavette, tout simplement. Rester encore un instant suspendu…

– À la vérité, non. Mon vrai nom, c'est Alain.

– Alain ?

– Comme j' te le dis.

– Bah, pourquoi tu te fais appeler Günter ?

– Non mais gamin, franchement, tu me vois marquer sur mon enseigne « Chez Alain, club nazi » ?

Petit Pierre partit à rire.

– Ben, il y a bien des Français nazis, non ? Et de toute façon, t'as pas marqué « club nazi ».

– Non, c'est interdit et je passerais la moitié de ma vie à chasser des gauchistes venus manifester contre le monstre. Mais pour beaucoup de gens, le nazi, c'est allemand. Avec Günter, je résume. Ça m'évite d'avoir les ligues de droits de l'homme au cul et, en même temps, les copains savent de quoi on parle.

– On dit pas « ligues des droits de l'homme », on dit « partis de l'étranger » ou « lobbies de l'immigration ».

– Ça va, hein, j' causais le nazi de base que t'étais pas encore né !

Petit Pierre sirota son café. Il savait très bien que des expressions comme « partis de l'étranger » ou « lobbies de l'immigration » n'étaient pas nazies. Elles étaient tirées du lexique du F.N., le parti le plus efficace en matière de pénétration idéologique. Ce parti faisait un travail dont le Nouveau Grand Fürher était, disait-on, très content. Non pas que le N.G.F. fût lié d'une manière ou d'une autre au F.N., mais il était clair que ce parti lui mâchait bien le travail. Plus de trente pour cent des Français n'hésitaient pas à avouer qu'« au fond », ils étaient un peu racistes, et soixante pour cent souhaitaient voir les « zémigrés » rentrer chez eux. Encore un peu et il serait possible de passer à des actions plus directes.

Günter coupa court à ses réflexions.

– Alors, gamin, t'as pris ta décision pour demain ? Tu viens manger du rosbif ?

Petit Pierre s'ébroua.

– Un peu, que je viens, dit-il.

Puis il hésita un moment avant d'ajouter :

– Dis-moi, tu saurais s'il y a une place au squat ?

Le squat était une ancienne usine désaffectée, située à Cachan. Elle avait dans un premier temps été occupée par un mélange d'artistes et de clochards. On y donnait alors des happenings, dont un était particulièrement prisé : la décréation. Toutes les œuvres créées au cours de l'année par les résidents étaient systématiquement brûlées après avoir été achetées par des amateurs. Ces soirs-là, pour les clodos, c'était Noël. Les gens de la haute venaient assister à cet acte ultime, laissant croire que des chefs-d'œuvre avaient brûlé pour l'éternité, et n'hésitaient pas à laisser tomber les billets de leur poche. Le spectacle ne manquait alors pas de piquant et l'alcool coulait à flots : du champagne et du whisky de première, accompagnés de petits fours en quantité suffisante pour engraisser un village éthiopien. La grande classe. Une fois, Jack Lang, le ministre de la Culture, avait fait un saut.

Puis, en 1995, alors que, balayée par le raz-de-marée néo-gaulliste, la gauche avait dû retourner sur les champs de foire et Jack Lang à Blois, l'usine avait été évacuée. Au bout de quelques mois, des skins avaient commencé à s'y installer, bientôt rejoints par des militants du Front National ou du G.U.D. et quelques anciens de la mouvance Fredrickstein, sans que la police y trouve rien à redire. Il y avait toujours moyen d'y loger un « soldat » en perdition, voire de le planquer si nécessaire. Mais on n'y laissait entrer que des militants confirmés, entièrement acquis à la cause.

Günter savait que petit Pierre n'ignorait pas cela. Il regarda le jeune homme droit dans les yeux.

– Ça y est ? Tu fais le grand saut ?

Petit Pierre opina du chef. Günter balança son torchon sur son épaule et attrapa un verre.

– C'est Dany qui va être content, dit-il. Tiens, prends un demi, c'est moi qu'arrose. Ce jour-là, il faut s' cuiter, sinon c'est pas la peine.

Petit Pierre faillit réfléchir à ce que venait de dire

Günter, mais il but coup sur coup deux bières et deux calvas. Toujours mélanger de la bière avec un alcool fort ou un sniff au trychlo !

Sinon, c'est pas la peine.

4

Lorsque Hensley arriva au manoir, il se gara derrière le 4 x 4 de Marco et entra dans la grande bâtisse.

- Je suis là, cria Marco.

Hensley se dirigea vers le salon. Quand il poussa la porte, quelle ne fut pas sa surprise de se retrouver nez à nez avec un canon de revolver pointé sur lui. Marco, confortablement installé dans un fauteuil placé au milieu de la pièce, tenait ce revolver de la main droite. La gauche serrait un verre de whisky. Marco en but une gorgée en faisant signe à Hensley d'avancer, ce que fit le metteur en scène, un sourire narquois aux lèvres.

– Dois-je retirer les mains de mes poches ? demanda-t-il.

– Non, ce n'est pas la peine… Au moindre mouvement, je t'abats. Si tu es sage, tu n'auras droit qu'à une balle dans chaque coude.

– Rien que ça…

Hensley essayait de réfléchir vite. Il n'avait pas du tout prévu ce revirement de Marco. À croire que le sbire s'était mis à réfléchir. Pourtant, il avait impeccablement exécuté les ordres d'Hensley. Il avait filé l'ambulance jusqu'à Orléans, récupéré les deux infirmiers ligotés et bâillonnés par Louis et Sonia, les avait chargés dans sa voiture et les avait emmenés à Caen, où il les avait poignardés avant de les abandonner dans une grange. Enfin, il s'était rendu à la propriété et y avait attendu Hensley. Tout comme prévu. Pourquoi ce subit retournement ? Avait-il appris quelque chose qu'Hensley ignorait ? Quoi qu'il en fût, il fallait avancer des pions, retourner une carte ou lancer un dé ; savoir à quel jeu on jouait.

– M. Loi me veut vivant pour me découper lui-même en rondelles, je suppose ?

Marco fit la moue. Manifestement, il n'avait pas prévu cette question.

– Peut-être, je ne sais pas… Je ne le connais pas, dit Marco.

Impeccable, se dit Hensley. Si M. Loi n'était pas dans le coup, Marco n'avait pour ainsi dire aucune chance. Il fallait s'assurer de ça.

– Tes ordres m'ont seulement semblé aller contre ce qui avait été décidé, continua Marco, alors j'ai compris qu'il n'y avait plus un camp mais deux…

– Et tu as choisi de collaborer avec celui qui te semblait le plus fort.

– Pas vraiment, non. J'aimerais surtout savoir à quoi on joue.

« Moi aussi, songea Hensley, mais on dirait bien que ça ressemble à du poker. »

– Je peux m'asseoir, au moins ? demanda-t-il.

– Vas-y, mais n'essaye pas de m'asticoter. Comme tu peux le constater, ma main ne tremble pas.

Hensley s'assit dans l'autre fauteuil. Marco le regardait avec un air de triomphe.

– Ah, le grand Hensley ! dit-il. Avoue que tu es surpris et que tu ne t'attendais pas à ça.

– Évidemment, que je ne m'y attendais pas. Mais où veux-tu en venir, exactement ?

Marco vida son verre et le posa sur un petit guéridon, devant lui.

– Non, non, dit-il. Pas de ça. C'est à toi de dévoiler ton jeu. Pas à moi. Ce revolver, c'est mon coup pour voir. Explique-moi pourquoi tu as changé les plans. Depuis le début, tu me rabâches que les pauvres cloches doivent y passer. Aujourd'hui, tu brouilles les cartes et elles se trimbalent en liberté, on ne sait même pas où. Pourquoi ? Qu'est-ce qui t'est passé par la tête ?

– Tu as vu comment ils se sont tirés de là ?

Marco haussa les épaules.

– Est-ce que tu connais un seul professionnel capable de trouver un truc pareil pour se sortir d'un merdier aussi gigantesque que celui dans lequel ils se trouvaient ?

– Et alors, on va pas leur donner une médaille, non ?

– Leur donner une médaille, sûrement pas. Mais pourquoi ne pas se servir d'eux ?

– Et les plans ? Si on remplit pas notre contrat, comment on se fait payer ?

– Ça, c'est une bonne, une excellente question… Tu as vu combien il y avait dans la Nationale Banque ?

– Pas derche… environ deux millions, dont les deux tiers en bijoux de famille.

– Et ça te semble pas étrange, toi, qu'on envoie quatre pauvres cloches, comme tu dis, à la morgue et qu'on commette un hold-up supplémentaire pour maquiller un coup aussi minable ?… Tu as raison, le grand Hensley s'est fait avoir. Mais pas par qui tu penses. Par M. Loi lui-même… Il y a autre chose, derrière le hold-up de la Nationale

Banque, quelque chose d'énorme, et je crois avoir deviné quoi. Mais c'est pas très important. Ce qui compte, maintenant, c'est de récupérer le fric. Celui-là, il n'y a aucune raison qu'on le partage. Voilà pourquoi je veux reformer une équipe. Tu peux en faire partie si tu veux.

Marco observait Hensley.

– J'en reviens à ma question. Comment nous aurait payés M. Loi, si on avait suivi le plan ? dit-il.

– Je ne sais pas. Ce qui était prévu, c'était que les caves meurent et qu'on se partage la galette. Or cette galette est si mince qu'on voit la fève se détacher en relief. Ça ne m'intéresse pas. Je veux tout. On ne roule pas Hensley impunément !

– Et les autres ?

– À mon avis, les autres sont au courant. Ce n'est pas moi qui me suis occupé de la seconde équipe. J'ai seulement organisé le hold-up… Enfin, en partie. J'ai surtout supervisé la coordination des deux hold-up…

– Pourquoi tu m'en as pas parlé avant ?

– Tu l'as dit tout à l'heure. Je me suis fait avoir. Tu aurais très bien pu être dans le coup. Si tu n'avais pas exécuté mes ordres, c'est ce que j'aurais d'ailleurs compris.

Marco resta un moment silencieux puis alluma une cigarette. Il regarda son arme un instant, avant de la ranger. Ce n'était pas un gars rancunier. Seulement méfiant. Maintenant que les choses étaient claires…

– Bon. Et qu'est-ce que tu me proposes maintenant ?

Hensley haussa les épaules.

– Disons, boire un coup. En attendant nos petits génies.

– Ils vont venir ?

– S'ils sont aussi malins que je l'imagine, oui.

Hensley se leva et se dirigea vers les bouteilles.

– Scotch ?

– Avec de l'eau.

Hensley prit la bouteille et les verres et se planta devant Marco.

– Je ne pensais pas que tu te méfierais de moi. Je t'ai quand même appris presque tout ce que tu sais sur ce métier.

– Tu crois que moi, je m'attendais à ce que tu changes tes plans comme ça, en me donnant des ordres comme si j'étais la dernière de tes recrues ?

Hensley sourit et remplit les verres. Il prit son verre de la main gauche et sourit.

– Allez, trinquons !

Au moment où Marco prit son verre, Hensley le frappa au visage. La bouteille explosa à la base du nez de l'homme de main, avant de s'éparpiller dans la pièce en mille étoiles de sang. Marco, complètement sonné, s'affala dans le fond de son fauteuil. Hensley s'approcha de lui.

– Dors, mon petit vieux, ça vaut mieux pour toi, dit-il, mais retiens tout de même cette dernière leçon : il ne faut jamais faire confiance à un loup en chasse.

Et il planta son couteau dans le cœur de l'homme au visage ravagé.

5

En sortant de chez lui, Degrave se rendit directement au tabac. Cette fois-ci, ce n'était plus la peine d'essayer de résister. Il acheta un paquet de cigarettes et s'avala un petit noir au comptoir en aspirant goulûment sa première goulée de fumée. Elle lui fit un bien qu'il trouva démesuré : sa vie commençait à ressembler à une plage bretonne bombardée au pétrole, plus un oiseau ne volait dans son ciel, et un truc aussi futile qu'une taffe de cigarette lui faisait penser que de bonnes choses pouvaient encore lui arriver.

Ce n'était d'ailleurs pas tout à fait faux. Un petit coin de son cerveau s'illumina soudain, alors que le jingle des infos de R.T.L. retentissait dans le café aux trois quarts vide.

– Nom de Dieu ! cria-t-il avant de s'élancer dans la rue sous les regards endormis de trois clients qui attaquaient leur premier ballon de blanc.

– Ta gueule, dit-il à Mignard en entrant dans le commissariat.

– Mais… j'ai rien dit !

– Tu ne vas pas tarder.

Mignard, interdit, suivit son patron dans son bureau.

– Regarde. Dans cinq secondes, je te redemande de fermer ta gueule.

Degrave sortit son paquet de cigarettes, en prit une et se la colla dans le bec.

– Tu as du feu ?

– Mais, patron…

– Ta gueule !

– O.K., O.K., vous avez gagné ! Mais c'est bien emmerdant, parce que moi, je fumais beaucoup moins aussi.

Le commissaire se laissa lourdement tomber dans son fauteuil.

– Du nouveau ? demanda-t-il.

– Rien.

– Alors je repars.

– Mais ?

– Il n'y a pas de mais. Il faut que je me dégourdisse le corps et l'esprit.

– Je viens avec vous.

– Non. Toi, tu restes là.

– Et on peut vous joindre quelque part ?

– Oui. À R.T.L… Je crois que je tiens une piste du tonnerre.

– Et vous pouvez pas m'expliquer ?

– Réfléchis, mon vieux, réfléchis… Tu as les mêmes données que moi… Je t'appelle tout à l'heure et on se retrouve chez Marine…

Il sortit en trombe mais rouvrit la porte et leva un doigt.

– C'est un indice…

Marianne Spinasky préparait son journal de la mi-journée lorsqu'elle vit entrer dans son bureau l'homme à propos duquel elle se demandait ce qu'elle allait bien pouvoir encore raconter. L'éreintement avait été poussé à son maximum et il devenait difficile de ne pas se répéter. Aussi ne fut-elle pas autrement surprise de le voir débarquer sans prévenir, s'asseoir sans en demander l'autorisation et allumer une cigarette sans se soucier de savoir si l'idée de crever d'un cancer de la fumeuse passive la dérangeait ou non. Elle se prépara mentalement à recevoir un des plus gros savons de sa carrière, se cala confortablement dans son fauteuil et croisa ses bras sur sa poitrine.

– Non, je ne suis pas en colère contre vous, dit le commissaire Degrave d'une voix douce. Vous faites un sale boulot mais vous le faites bien. Je sais ce que c'est. Je suis venu parce que j'ai besoin d'un renseignement que vous seule détenez mais qui, hélas, ressort du secret professionnel. Enfin… jusqu'à un certain point.

Marianne sourit.

– Et vous, jusqu'à quel point êtes-vous malpoli ?

– ???

– Vous auriez au moins pu me dire bonjour…

Le commissaire observait la jeune femme. Ses yeux devinrent terriblement gris l'espace d'un instant. Il expulsa un cumulo-nimbus de fumée et dit simplement :

– C'est vrai, mais je ne suis pas sûr que ce jour soit si bon pour vous. Et même s'il l'était, je ne suis pas sûr de vouloir être poli avec quelqu'un qui se fout de ma gueule à longueur de journée.

Marianne se concentra. L'homme n'avait pas l'air de rire. Ce n'était de toute évidence pas le pantin qu'elle se plaisait à décrire à l'antenne.

– Et pourquoi cette journée serait-elle pire pour moi que la précédente ?

– Parce que votre gagne-pain va peut-être bien vous tomber des mains.

– Déjà des menaces ? Et vous n'êtes pas en colère ?

Le commissaire soupira.

– On va essayer d'aller vite : le 3 septembre, jour du double hold-up, vous avez diffusé une fausse information. Ou plus exactement une information qui était fausse au moment où vous l'avez diffusée. Ce qui s'appelle une faute professionnelle. Grave.

– Je ne vous suis pas très bien.

Marianne commençait à s'inquiéter. L'homme qui était assis en face d'elle semblait ne plus avoir grand-chose à perdre. Pas méchant mais déterminé. De toute évidence, il lui maintiendrait la tête sous l'eau si cela était nécessaire. Il continua d'une voix calme.

– Vous êtes bien Mme Spinasky ?... Marianne Spinasky ?

– C'est ce qui est écrit sur ma porte...

– Madame Spinasky, serait-il malpoli de vous demander s'il y a moyen de se procurer du café dans cette maison ?

– Au fond du couloir, à droite, il y a une machine. Mais faites vite. Je passe à l'antenne dans deux heures et j'ai encore un boulot monstre.

Le commissaire se leva et posa ses deux poings sur le bureau de la journaliste.

– Désolé de vous contredire mais suivant la réponse que vous me donnerez, il n'est pas sûr que je ne sois pas dans l'obligation de vous demander de me suivre.

Marianne était maintenant franchement agacée

– Eh bien, posez-la, cette question, que je sache au

moins de quoi il retourne ! Vous avez décidé de me foutre la trouille ou quoi ?

– C'est bien vous qui avez donné la première l'information comme quoi un hold-up tournant à la prise d'otages était en cours à Paris, rue Oberkampf, ce 3 septembre, aux alentours de midi ?

– Oui, je ne vois pas en quoi…

– Qui était votre informateur ?

– Vous savez très bien que je ne peux pas répondre à cette question : secret professionnel… Vous l'avez dit vous-même, tout à l'heure.

Degrave écrasa son mégot sous son pied et le lança dans la poubelle.

– Ça vous arrive de vérifier vos informations ?

– Bien sûr… Presque toujours…

– Et celle-ci, vous l'aviez vérifiée ?

– … Non.

– Et pourquoi ?

– Parce que j'étais sûre de mon informateur et qu'il fallait aller très vite !

– Ah oui, le scoop…

– Oui, le scoop ! Oui l'audimat ! Et alors ? Où est le problème ?

Marianne s'était, elle aussi, redressée. Ils se faisaient maintenant face tous les deux, les bras en trapèze sur le bureau.

– Le problème – et ça aussi je vous l'ai dit tout à l'heure – c'est que cette information était fausse !

– Quoi… Ce hold-up n'a pas eu lieu, peut-être ?

– … Ou plus exactement, elle était fausse à l'heure où vous l'avez transmise, donc à celle à laquelle on vous l'a annoncée !

Marianne se laissa lourdement retomber sur son fauteuil et écarta une mèche de cheveux qui lui tombait dans les yeux. Elle dévisagea le commissaire. Il semblait sûr de ce qu'il avançait, et bien décidé à ne pas abandonner sa piste.

– Je ne comprends pas, dit-elle.

– Mes services ont appris l'existence de ce hold-up en écoutant la radio. Cela nous a surpris, sur le coup – en général, on est mis au courant par les sirènes d'alarme et les connexions internes –, mais dans la pagaille générale qui a suivi, j'ai oublié ce détail. Il m'est revenu ce matin et j'ai procédé à quelques vérifications... En fait, le hold-up a eu lieu *après* que vous l'avez annoncé.

– Ce n'est pas possible !

– Oh que si, c'est possible. Très exactement soixante-quatorze secondes après. Moi aussi, j'ai mes informateurs... et mes informatrices : ces petites caméras qui filment tout ce qui se passe en affichant l'heure. Les casseurs ont tiré dedans mais les bandes enregistrées juste avant indiquaient une heure plus tardive que celle à laquelle vous avez annoncé votre scoop...

Marianne accusa le coup comme elle put et contourna le bureau pour venir se placer près de la fenêtre. De là, elle regarda cette ville qu'elle était venue conquérir et qu'elle croyait maîtriser. Degrave continuait.

– Alors il y a deux solutions. Soit vous êtes complice de ce hold-up, soit votre informateur l'est. Dans le moins pire des cas, je vous arrête pour dissimulation d'informations permettant à la police d'intervenir avant qu'un acte criminel ne soit commis.

La journaliste regardait toujours par la fenêtre. Elle demanda d'une voix blanche :

– Il y aurait moyen que je ne sois pas citée comme témoin ?

– Si votre informateur avoue, oui.

Marianne ne put s'empêcher de soupirer un grand coup, puis elle se tourna vers le commissaire. Elle croyait avoir affaire à un pantin, mais c'est un bulldozer qui venait de freiner juste avant de la réduire en miettes. La lueur grise s'était atténuée.

– Je voudrais tout de même bien comprendre, dit Marianne. Pourquoi m'a-t-il fourni ce renseignement *avant* ?

– Le grain de sable, un léger retard dans la réalisation… Je suppose que vous avez compris que le hold-up et le massacre de la Nationale Banque étaient liés ?

– Disons que nous orientons nos recherches dans ce sens…

– Eh bien, ne vous contentez plus d'orienter, foncez !

Le visage de Marianne s'éclaira. Elle n'avait pas forcément tout perdu.

– Vous pouvez m'en dire un peu plus ?

– Ça vous ferait vraiment mal, n'est-ce pas, de sortir bredouille d'un entretien avec l'homme qui aujourd'hui vous rapporte tant de fric…

– Et si on parlait en termes d'échange ?

– O.K., échangeons !

Degrave alluma une nouvelle cigarette et se rassit dans son fauteuil. Marianne griffonna un nom sur un bout de papier qu'elle mit dans une enveloppe.

– On avait parlé de café, tout à l'heure…

– Ah, oui, dit Marianne.

Elle appuya sur un interphone et commanda deux cafés à un dénommé Éric. Puis elle poussa l'enveloppe jusqu'au bord du bureau le plus proche de Degrave. Le commissaire ne la prit pas tout de suite. Il se taisait en fumant sa cigarette. Le café arriva. Éric posa un plateau en plastique garni de deux gobelets en plastique, de petites cuillers en plastique et de petits sachets en plastique renfermant du sucre. Un condensé de ce que pouvait être aujourd'hui la convivialité du monde moderne. Degrave but une gorgée de café et grimaça. En plus, il était dégueulasse.

– L'essentiel, pour nos chers malfrats, était que toutes nos forces soient concentrées en un point. Pour cela, il fallait deux choses : que le premier hold-up tourne au vinaigre et que la population soit très vite au courant qu'une prise d'otages avait lieu quelque part. En effet, à partir de ce moment-là, nous déployons toujours une force beaucoup plus grande que nécessaire : il ne faut pas que le bon petit peuple de France pense un instant que la police, et surtout son ministre, ne se chargent pas entièrement de sa sécurité. Alors c'est le grand déballage de policiers armés jusqu'aux dents, de barrages, de gyrophares hurlant et de voitures qui démarrent sur les chapeaux de roues dès qu'une caméra se pointe. Pendant une heure, c'est la grande panique dans tous les services. C'est pendant cette heure-là qu'a eu lieu le second hold-up sans que nous puissions lever le petit doigt. Grâce à la médiatisation outrancière de notre monde, une vingtaine de personnes ont été assassinées... Il faudra que vous expliquiez un jour au monde, vous, journaliste, comment l'information sensationnelle peut tuer.

Marianne foudroya le commissaire du regard.

– Il faudra un jour que vous expliquiez au monde comment vous, policiers, vous démenez plus pour l'image de marque d'un ministre que pour protéger ses citoyens, rétorqua-t-elle.

Le commissaire sourit et la lueur grise réapparut dans ses yeux.

– Moi, ça ne me rapporte pas un kopeck, dit-il.

Marianne ne répondit rien. Degrave se leva et prit l'enveloppe.

– J'ai répondu à votre question ?

– En partie, oui... Mais dites-moi, pourquoi avaient-ils besoin de tout ce temps ? Et pourquoi le massacre à la machette ?

– Le temps et le massacre sont liés, j'en suis sûr. Pour le reste... Tout ce que je sais, c'est que le nettoyage a été parfait : aucune trace balistique, aucun témoin... Mais ça me semble un peu léger pour justifier l'ampleur du dispositif... D'autant plus que le butin est assez minable... Je devrais bientôt en savoir plus, et dès que les deux affaires seront officiellement liées, j'aurai accès au dossier.

Il tapota la poche dans laquelle il avait glissé l'enveloppe.

– Ceci devrait m'y autoriser !... Allez, je peux vous le dire maintenant : bonne journée !

Il sortit et referma doucement la porte. Marianne ouvrit la fenêtre et fit de grands mouvements avec les bras pour chasser la fumée.

6

La seule bagnole qu'ils réussirent à piquer était une Simca 1000. Sonia fut déçue parce qu'il n'y avait même pas de Neyman à péter. Elle prit le volant en ronchonnant.

Louis découvrit une carte routière dans la boîte à gants et il eut tôt fait de localiser où ils se trouvaient. Ils roulèrent pendant cinq heures avant d'arriver à la propriété. Le soleil était encore haut dans le ciel et une belle soirée se préparait. Tous les deux ressentaient cette même impression de vacances qu'ils avaient eue après que Louis s'était fait mordre à la cheville par la vipère. Sauf que cette fois, ils étaient bien décidés à rester vigilants.

Sonia engagea la Simca 1000 dans le chemin. Le portail de la propriété était ouvert et rien n'indiquait que les chiens avaient été remplacés. Louis et Sonia se rendirent d'abord à la maison de gardien, sans chercher à se cacher.

La maison était ouverte et il y avait des bières dans le frigo. Ils en prirent chacun une et jetèrent un œil par la fenêtre de la cuisine, d'où on pouvait apercevoir le manoir, à cinquante mètres à peine. Les volets étaient mi-clos, comme souvent en été, lorsque l'on veut conserver la fraîcheur de la nuit, et pas un mouvement n'était perceptible.

Deux voitures étaient garées devant la grande bâtisse. Ils reconnurent le 4 x 4 de Marco.

– Merde, murmura Louis. S'ils sont deux là-dedans, ça va pas être du gâteau.

– Je croyais qu'on était pas venus faire la guerre…

– Non, mais tout de même… Attends, il y a du mouvement.

La silhouette d'Hensley apparut entre les arbres. Ses pieds étaient pleins de terre. Il revenait certainement du vieux potager. Il portait sous le bras une boîte en fer-blanc ; une de ces vieilles boîtes à gâteaux que sortaient autrefois les grands-mères à l'heure du thé. Arrivé près de l'entrée du manoir, Hensley se retourna soudain et, à la grande surprise de Louis et Sonia, fit un léger coucou de la main en souriant. Comme s'il adressait un signe de connivence à de vieux voisins.

Sonia lui rendit son geste, un sourire crispé aux lèvres et l'arme fermement serrée dans son poing. Le metteur en scène haussa les épaules et pénétra dans le manoir. La situation était quelque peu surréaliste. Suivant l'endroit d'où l'on observait la scène, on pouvait se croire au beau milieu d'une bienveillante comédie anglaise ou en plein western. Quant au match entre la boîte à gâteaux et le revolver, il n'était pas aussi déséquilibré qu'il y paraissait.

Louis allait se rasseoir pour finir de siroter sa bière et réfléchir à tout ça quand Hensley ressortit de la maison avec un guéridon qu'il posa sur la terrasse. Il installa ensuite trois chaises longues et finit ses allers-retours avec un plateau comprenant trois verres et trois bouteilles : une de whisky, une de vin blanc et une d'eau gazeuse. Puis il se laissa aller dans l'une des chaises longues, se servit un verre et alluma une cigarette. Sonia tapa du pied par terre.

– Tu crois qu'il est capable de faire quelque chose normalement, ce type ?

Louis haussa les épaules.

– Tire-lui dessus, pour voir…

– Dessus, dessus ? Je croyais qu'on était là pour signer la paix des braves ?

– Non… sur une bouteille… Celle de flotte, si possible.

– La bouteille de flotte ? Elle est loin…

– Essaye !

Sonia tira. La balle ricocha sur le guéridon, tout près d'Hensley, mais l'homme ne sursauta même pas.

– C'est loin, tout de même, dit Sonia.

– Il n'a même pas bougé.

– Par contre, si je le vise, lui, je suis sûre de l'avoir.

– Je n'en doute pas.

– Il frimera peut-être un peu moins avec une balle dans le buffet.

– Va savoir !

– Chiche ?

– Je ne suis pas sûr que ça nous mène à grand-chose.

– Je n'ai rien promis.

Louis laissa tomber. Il observa un instant Hensley et fronça les sourcils.

– Pourquoi seulement trois verres ?

– Ça me semble clair. Il nous invite à boire un pot !

– Non. Je dis *seulement* trois verres. Avec Marco, nous sommes quatre.

Sonia gloussa méchamment.

– C'est sûrement l'heure de faire une tournante. Le perdant sera évidemment passé par les armes !

– Bon. On y va ?

– Allons-y. Mais je te préviens, je le garde au bout du canon. Et s'il m'énerve, je le bute.

Louis haussa les épaules, posa sa bière sur la table et se dirigea vers la sortie.

Hensley eut un bref sourire quand il comprit que les deux ex-S.D.F. allaient venir – lui seraient-ils au moins reconnaissants de cela ? De cet « ex » qui faisait toute la différence ?

Louis et Sonia accomplirent un grand demi-cercle pour le contourner. Hensley les laissa manœuvrer, malgré l'envie quasi irrépressible qu'il avait de se retourner. Rester nuque offerte à un éventuel adversaire était vraiment la dernière des choses à faire et ça faisait plus de trente ans que ça ne lui était pas arrivé. Mais cette fois, il n'avait pas le choix. Il ne devait montrer aucun signe d'hostilité. Même si, de sa place, il pouvait sentir la crispation de l'index de la fille sur la gâchette. Il songea que son sixième doigt était en train de pousser.

Enfin ils arrivèrent et s'installèrent. Hensley leva la tête. Ses yeux croisèrent la gueule noire du canon, puis les yeux de Sonia. Un regard de tueuse. Elle n'avait pas encore tué mais avait attrapé le virus. L'odeur du sang lui avait déjà noyé l'âme.

Louis, lui, avait des yeux calmes. Des yeux qui attendaient la suite. Hensley avait toujours pensé que c'était lui le plus solide, malgré l'air égaré qu'il affichait quand il l'avait rencontré.

Sonia parla la première.

– Vous avez une cigarette ?

Hensley la regarda droit dans les yeux.

– Je peux sortir mon paquet sans risquer d'être transformé en écumoire ?

– J'aurais pu vous avoir, tout à l'heure, si c'est vous que j'avais visé.

– Je n'en doute pas.

– Vous parlez comme Louis.

– Et alors ?

– Alors rien. Sortez ces foutues cigarettes et finissons-en.

Hensley mit la main à sa poche, sortit son paquet et le posa sur la table. Louis et Sonia étaient toujours debout.

– Vous ne voulez pas vous asseoir et boire quelque chose ? demanda Hensley.

– Boire avec vous ?

– Je sais, Sonia, je sais. Mais nous sommes en guerre, dit Hensley. Et en guerre, pour éviter la perpétuation des massacres, il y a toujours un moment où il faut savoir composer avec l'ennemi, malgré les douleurs et les peines.

– Vous allez pas nous faire un discours sur la philosophie des guerres ? dit Louis.

– Je n'en avais pas franchement l'intention, mais j'aimerais tout de même que nous arrivions à une sorte de trêve.

Sonia soupira et s'assit, en gardant son arme braquée sur Hensley. Louis s'assit également et se servit un whisky. Sonia refusa de prendre un verre.

– Bon, dit Hensley. On va se contenter de ça.

Il but une rasade de whisky et commença à parler d'une voix lente et grave.

– Pour tout vous dire, je vous attendais. J'ignore lequel de vous deux a eu cette intuition mais une chose est certaine : vous êtes vraiment très doués. Je me demande d'ailleurs si je n'aurais pas intérêt à monter une école. Le mélange « compétences techniques – désespérés de l'existence » donne des résultats assez étonnants. La façon dont vous êtes sortis de la banque à Paris m'a beaucoup impressionné.

Louis haussa les épaules.

– On est plus que deux. Et sans votre coup de dégueulasse avec les ambulanciers...

– Coup de dégueulasse, coup de dégueulasse, comme vous y allez ! Je vous l'ai dit tout à l'heure. Nous sommes en guerre. Et pour gagner une guerre, il ne faut surtout pas appliquer à la lettre les conventions de l'O.N.U. C'est la guerre, qui est dégueulasse. Pas les moyens que nous employons pour la gagner.

– Et vous êtes en guerre contre qui, demanda Sonia. L'humanité tout entière ?

– C'était une façon de parler, dit Hensley. Apprenez seulement à ne pas vous occuper de ce qui est dégueulasse ou non. Occupez-vous seulement de sauver votre peau. Là, c'étaient les infirmiers ou vous. J'ai choisi les infirmiers parce que j'ai besoin de vous.

– Aïe ! dit Sonia.

– Il va de soi que je ne recherche pas votre sympathie, mais rien ne nous empêche de travailler ensemble et de nous détester. De toute façon, vous êtes trop jeunes pour vous départir de toute idée de vengeance. Néanmoins, je le répète, j'ai besoin de vous. Et j'ajouterai que vous avez besoin de moi.

– Continuez, dit Sonia en maintenant un peu plus fermement son arme.

– Vous avez bien évidemment compris qu'en fait, il n'a jamais été question ni de vous payer ni de vous engager sur d'autres coups. Il était même prévu que vous y passiez pendant le hold-up, ou sinon, au cas fort peu probable où vous vous en tiriez, qu'on vous exécute. Tous les dés étaient pipés dès le départ… Enfin, tout ça n'a plus tellement d'importance. Ce qui compte, c'est que l'argent du second hold-up, celui que vous deviez « couvrir », existe bel et bien, et je ne suis pas sûr d'avoir envie de le partager avec l'organisation.

– Et pourquoi ça ? demanda Louis.

Hensley alluma une cigarette.

– En un sens parce que mon employeur m'a roulé. Le massacre à la machette n'était pas programmé et ne servait en rien le bon déroulement des opérations. En plus, le butin est assez faible, si l'on considère les moyens mis en œuvre pour s'en emparer. Tout cela cache à mon avis quelque chose de très très dégueulasse.

– Et ça vous choque ? dit Sonia.

Hensley soupira, légèrement agacé.

– Tout à l'heure, je parlais de moyens pour survivre. Là, si c'est bien ce que je pense, la finalité en elle-même est infiniment plus dégueulasse que tout ce qu'on peut imaginer. Mais de toute façon, le problème n'est pas là. Quand je passe un contrat avec quelqu'un, le contractuel doit le respecter à la lettre. Sinon, il doit payer. C'est tout. Sans compter les risques énormes qu'il me fait prendre en changeant des choses au dernier moment. Un hold-up, c'est de la mécanique de précision. Qu'un seul rouage se mette en travers et c'est la catastrophe assurée !

– Et alors, qu'est-ce qu'on a à voir avec tout ça ?

– Vous avez à voir avec tout ça parce que je ne peux pas récupérer le magot tout seul. En plus, vous êtes plutôt concernés, si je ne m'abuse ?

– Tout ça est bien gentil, dit Sonia. Mais et Jack ? Et Paol ?

Sa voix frémissait. Hensley se leva. Sonia tint un peu plus fermement son arme.

– Je veux juste vous montrer quelque chose, dit Hensley en levant légèrement les bras. Vous m'accompagnez ou je vous le rapporte. Comme vous voulez.

Sonia lui fit un petit signe du bout du canon et Hensley entra dans la maison.

Il en ressortit presque tout de suite avec la boîte en fer-blanc que Louis et Sonia lui avaient vue sous le bras alors qu'il revenait du jardin. Puis, après avoir posé la boîte sur la table, il proposa à Louis de l'ouvrir. Louis s'exécuta et eut un violent mouvement de recul. Sonia jeta un œil et son regard se chargea d'un peu plus de haine. La boîte contenait un cœur d'homme encore tout chaud, et une main fraîchement coupée. Des filets de sang suintaient encore du poignet tronçonné.

– Mais vous êtes complètement taré, dit Louis. Complètement et définitivement taré !

Hensley sourit légèrement.

– Hélas non, dit-il. J'ai dû extraire le cœur et couper la main moi-même. Croyez-moi, ce n'est pas mon activité favorite. Tout ça appartenait à Marco. Il est enterré dans le jardin. Il était venu ici pour vous tuer ou vous ramener à M. Loi.

– M. Loi ?

– Le grand patron.

– Mais pourquoi ? demanda Louis. Je comprends rien à ce que vous racontez !

– Ça, c'est M. Loi, dit Hensley en pointant son index droit sur la boîte. Il a un amour démesuré pour l'Ancien Testament et les lois coraniques version intégriste. Vous savez… Œil pour œil, dent pour dent, la main coupée au voleur, les couilles au violeur, être puni par où tu as péché, tout le toutim… Ce que j'ai fait là m'a particulièrement répugné, croyez-moi, mais cela nous sera très utile. Je vous explique le topo.

» Marco a voulu doubler M. Loi. Il a organisé votre évasion afin de collaborer avec vous. C'est pour ça qu'il a descendu les infirmiers et le flic qui collaborait avec nous. Objectif : récupérer le magot et s'envoler avec. Une trahison de premier choix. Moi, bon soldat, je tue Marco, je le découpe en rondelles pour que justice divine soit faite et j'apporte sur un plateau des morceaux de l'infâme traître avec, en prime, les deux jeunes fuyards que M. Loi pourra charcuter lui-même.

» Ça, c'est pour entrer dans la place. Pour la suite, il faut qu'on avise… Vous marchez ?

Louis se prit la tête entre les mains.

– De la folie, dit-il, tout ça n'est que folie.

Il redressa la tête.

– Et pourquoi fallait-il tuer Marco ?

– Comment aurais-je pu rendre ma thèse crédible ? Pour l'instant, M. Loi est persuadé que c'est moi qui ai changé les plans. Avec les viscères de Marco, je tiens du solide !

– C'est vraiment horrible, dit Sonia. Un monde de dingue. Merde ! Vous auriez pas pu nous laisser moisir sur nos bords de Seine ?… Et si vous nous livrez réellement ?

Un sourire étrange se dessina sur la bouche d'Hensley. Puis, avec une rapidité foudroyante, il déploya son bras droit et attrapa l'arme de Sonia sans qu'elle pût réagir et la pointa sur elle. Louis était comme tétanisé sur son siège. Ils restèrent ainsi pendant quelques secondes, puis Hensley reposa doucement l'arme sur la table. Il dit seulement :

– Ce serait déjà fait depuis longtemps.

– Je vous hais, murmura Sonia.

– Peut-être, mais de toute façon, vous n'avez pas le

choix. Vous êtes obligés, une fois encore, de me faire confiance. N'est-ce pas, Louis ?

Hensley se retourna et entra dans le manoir. Sonia attrapa son arme, la bouteille de whisky, et se dirigea d'un pas rageur vers la maison du gardien. Louis resta un instant debout, immobile. Il aurait voulu pouvoir dormir une éternité et se réveiller à l'aube de l'humanité. Quand des êtres qui lui ressemblaient s'émerveillaient de devenir chaque jour un peu plus humains. Un peu moins sauvages.

7

Degrave sentait la pression monter en lui. Il faut dire qu'il n'était pas tellement dans son assiette depuis l'altercation matinale. Il avait constamment envie de rentrer chez lui, prendre Élisabeth dans ses bras, attendre qu'elle ait fini de pleurer et faire longuement l'amour avec elle pour s'assurer qu'aucun dégoût ne subsistait. Peut-être devraient-ils ensemble prendre les affaires de Petit Pierre, les mettre dans un carton et aller les enterrer loin, dans une forêt très profonde. Alors ils pourraient entamer un deuil et revivre… Peut-être.

Mais pour l'instant, Degrave faisait les cent pas dans un appartement de luxe du seizième arrondissement, accompagné de Mignard. Deux agents étaient postés à l'entrée et attendaient des ordres. Au milieu du salon était assis sur une chaise Charles Mandrin, journaliste au *Figaro* et témoin principal dans l'affaire du hold-up de la rue Oberkampf. Cela faisait plus d'une heure que le commissaire et l'inspecteur essayaient de lui faire cracher ce qu'il savait sur cette affaire, et lui ne répondait que par une phrase. « Cette salope de Spinasky payera le prix fort. »

La troisième fois qu'il dit cela, Degrave le frappa du revers de la main.

– Monsieur Mandrin, je me fous complètement de vos opinions sur les femmes, surtout qu'elles m'ont l'air d'être d'une extrême banalité.

Mignard s'étonna une fois de plus du voussoiement qu'utilisait toujours le commissaire avec les suspects ou les prévenus. Degrave expliquait cela par le fait que s'il tutoyait des salopards, il ne pourrait plus le faire avec ses amis. Il avait d'ailleurs du mal à comprendre comment les autres flics faisaient pour mettre autant de mépris dans un tutoiement qu'ils employaient par ailleurs avec leur femme ou leurs enfants.

Charles Mandrin était tombé de sa chaise. C'était un homme d'une cinquantaine d'années, affaibli par mille cocktails et autant de voyages de luxe et de luxure offerts par diverses personnalités pour acheter sa complaisance. Ses lunettes se brisèrent sur le sol. Il se mit à hurler.

– J'exige dès maintenant d'être emmené au poste. Je ne dirai rien hors la présence de mon avocat. C'est mon droit.

Il se dirigea vers le téléphone. Degrave le retint par le bras et s'adressa à lui sur un ton soudain très calme.

– Mon cher Mandrin (« mon cher » était également une expression qu'il n'utilisait jamais avec ses amis), vous n'allez tout de même pas m'emmerder avec vos droits. Je les connais aussi bien que vous, vos droits. Vous avez notamment celui de vous taire, effectivement, mais si vous persistez dans ce sens, moi, je vais m'octroyer celui de faire une bavure.

Mandrin le regarda, surpris.

– Une bavure ?

– Oui, une bavure parfaite.

Mignard interrogea son patron du regard. Il ne voyait pas ce qu'était une bavure parfaite, mais ça ne lui semblait pas très légal. Or il était extrêmement rare que le commissaire sorte de cette légalité qui lui était si chère.

Degrave appuya fortement sur l'épaule de Mandrin et le força à s'asseoir.

– Je vais vous expliquer ça, dit-il. Vous aurez remarqué que je ne vous ai pas fait venir au poste. Ce n'est pas du tout que je voulais vous éviter le dérangement, mais ce genre de bavure n'est possible qu'à domicile. Alors voici le scénario. Je vous pose une question. Une question très simple, du genre de celle que je vous pose depuis une heure. Comment saviez-vous que le hold-up allait avoir lieu avant qu'il ait eu lieu ? Question simple mais pertinente, vous l'admettrez volontiers. Vous refusez de répondre et tentez de vous évader. Comme vous n'êtes pas un imbécile, vous avez déjà remarqué qu'il y a deux agents devant l'immeuble et vous vous dirigez donc vers le toit. Arrivé là-haut, vous glissez et vous vous écrasez cinq étages plus bas. Une belle crêpe de viscères au ketchup. Votre fuite est un aveu et confirme l'idée de la machination.

– Quelle machination ?

– Alors là, ce n'est plus un aveu, c'est une confession ! Aucun journaliste digne de ce nom n'oserait dire qu'il n'a pas compris que les deux hold-up étaient liés ! Allez Mandrin, ne faites pas l'idiot. Qu'est-ce que vous risquez ? Je parie que le nom que vous avez à me donner est celui d'un cadavre ! Un poulet bien frit auquel on a tordu le cou !

Mignard se sentait un peu bête. Il ne voyait pas du tout de qui le commissaire voulait parler. Des morts, en dehors de ceux de la Nationale Banque, il n'y en avait pas tant que ça. Trop, peut-être, d'accord, mais pas tant que ça. Le truand, les deux infirmiers et… L'inspecteur sursauta. Degrave venait de l'appeler.

– Oh, tu dors ou quoi ? Va me chercher les deux zigs, en bas.

– Les hirondelles ?

– Oui. Dis-leur que ce connard s'est enfui par les toits et que je lui cours après. Arrange-toi pour qu'ils nous rejoignent, mais pas trop vite, que j'aie le temps de charcuter ce fumier. Ça ne devrait pas se voir dans la bouillie qui restera en bas. Et surtout, s'ils arrivent avant que je l'aie jeté, qu'ils ne tirent pas. Les balles, ça fait sale, dans les bavures ! Quant à vous…

Degrave attrapa Mandrin par le col, le souleva de son siège et le força à marcher jusqu'à la porte. L'homme n'était pas courageux. Il tomba encore une fois par terre, dans un tremblotement de graisse qui rappela à Degrave la flaccidité des chairs mortes.

– Une dernière chose, Mandrin, dit le commissaire sans pouvoir réprimer une moue de dégoût. Une fois que l'inspecteur aura passé cette porte et qu'il aura commencé à descendre l'escalier, nous irons jusqu'au bout. J'ai horreur de passer pour un menteur et je ne voudrais pas qu'on nous découvre en train de tenir salon. Vous aurez au moins tenté de m'échapper, vous serez au moins tombé par terre et vous aurez au moins la gueule aux trois quarts défoncée. On y va ?

Degrave ouvrit la porte.

– Vas-y, Mignard !

– Non ! Attendez ! cria Mandrin. Je… je vais vous dire. Vous dire tout ce que je sais… Mais… j'y gagnerai quoi ?

– Plus rien, maintenant… Enfin si : ne pas mourir.

Mandrin baissa la tête. Degrave le lâcha et le journaliste alla se rasseoir.

– Bon, je reste là, moi, alors ! dit Mignard.

Le commissaire s'assit sur une commode Louis XVI et fouilla dans ses poches.

– Tu as des cigarettes ? finit-il par demander à Mignard, agacé.

L'inspecteur soupira et lui lança son paquet. C'était foutu pour de bon. Ils allaient recommencer à en sécher des dizaines par jour et sa paye allait s'en ressentir. N'empêche, le coup de la bavure, le patron lui avait jamais fait. On dira ce qu'on voudra, ça méritait bien une clope.

De retour au commissariat, Degrave réunit certains de ses hommes et femmes. Il y avait là Mignard, évidemment, Albuquerque – Raymond d'Albuquerque –, Josiane Swift, qui détestait son prénom et qu'on appelait Jo et Le Platane, un type qui avait fini une poursuite dans un platane et y avait laissé fichée toute ambition.

Il n'était pas loin de 17 heures. Chacun vint à la réunion avec son café. La soirée risquait de se prolonger. Seul Le Platane osa faire une remarque sur la cigarette que Degrave avait au bec quand ils entrèrent dans le bureau. Le commissaire ne répondit rien mais apprécia intérieurement que Mignard n'eût rien dit. Vraiment un type en qui on pouvait avoir confiance, ce Mignard.

– Voilà, commença-t-il. Je sais que vous avez horreur de ça, mais il va falloir enquêter sur un de vos collègues. Enfin, ex-collègue. L'inspecteur Oscar. Il était impliqué jusqu'au cou dans l'affaire des hold-up.

– C'est le boulot de l'I.G.S. ça, non ? dit Swift.

– Je ne suis pas sûr que l'I.G.S. s'intéresse aux morts.

Et puis qu'est-ce qu'elle va faire, l'I.G.S., prouver qu'il était véreux ? Nous, Oscar nous intéresse comme point de départ, pas comme ligne d'arrivée. Cela dit, pour l'instant, on fouille dans sa vie en général. Essayez d'interroger son acolyte. Je sais que les cow-boys de la B.R.B. déposent leur cervelle au frigo avant d'aller bosser mais essayez tout de même d'obtenir quelque chose. De toute façon, on aura du mal à le forcer à parler. Rien que savoir si Oscar faisait vraiment équipe ou s'il trafiquait seul dans son coin pourrait nous être utile.

– On peut retourner sa baraque ? demanda Albuquerque.

– Oui. J'ai un mandat. Castelli est allé le chercher.

– Et Castelli, justement ?

– Castelli, il m'emmerde. Il me ramène des brassées de camés troués jusqu'au cœur, comme par hasard tous Arabes. C'est sa guerre, ce n'est pas la nôtre, et il faudra qu'il le comprenne. En attendant ce jour, c'est lui qui s'occupera de la paperasse ou des constats sur les merdes de chiens. Autre chose ?

– On a une idée de ce qu'on cherche ?

Degrave regarda Le Platane. Efficace. Toujours.

– Non. Rien de précis. À qui obéissait-il… Éventuellement pourquoi, bien que je sois persuadé que c'était un ripoux, vu la froideur avec laquelle il a dégommé le suspect. Accessoirement pour combien. Mais ça, c'est juste pour nous. Savoir si on aurait résisté ou pas.

– Et comment on s'organise ?

Degrave regarda sa montre.

– Mignard et Le Platane, vous vous cognez la veuve. Retourner son appart' ne va pas être une partie de plaisir. Essayez autant que possible de la ménager mais ne reculez devant rien. Swift et Albuquerque, vous commencez par le collègue d'Oscar. Ensuite, on avisera. Allez, filez.

Tout le monde sortit, excepté Mignard. Il regardait Degrave torturer le mégot qui lui restait dans les doigts.

– Je vous avais jamais vu comme ça, patron.

– Comment, comme ça ?

– Violent. J'ai eu l'impression que vous l'auriez réellement balancé.

Degrave haussa les épaules.

– Moi non plus, je ne me suis jamais vu comme ça. Dégage, maintenant. Dès que tu as quelque chose, tu m'appelles. On n'ira pas se coucher sans résultat !

Mignard sortit. Le Platane l'attendait dans la voiture.

8

Swift et Albuquerque obtinrent la confirmation qu'Oscar travaillait presque toujours seul. L'ancien collègue du ripoux, Maurice Berlot, un homme de cinquante-trois ans, se montra assez loquace. Il avoua qu'il n'aimait pas l'inspecteur Oscar. D'autre part, sa contribution aux hold-up ne l'étonnait guère, étant donné le train de vie qu'il menait.

– Un jour, je l'ai croisé sur les Champs, dit-il. Un dimanche que je me promenais avec ma femme. Elle en revient toujours pas qu'on dise que c'est la plus belle avenue du monde. Comme elle dit, « j'ose pas imaginer la gueule des autres »… Enfin bon, on allait à la Fnac quand je croise Oscar. Ça n'a rien d'étonnant, vu que moi aussi j'y étais, mais attendez, attendez, attendez ! Il était au volant d'une Jaguar !

– Une Jaguar ! s'exclamèrent en chœur Swift et Albuquerque.

– Comme je vous le dis ! Et c'est pas tout. Il faisait monter une nana si bien sapée qu'on l'aurait cru droit sortie d'un défilé de Chanel ! J'en croyais pas mes yeux.

J'ai rien dit à ma femme, mais ça m'a salement tarabusté. Remarquez, j'ai un copain, comme ça, passionné de bagnoles de sport, toute sa paie y passe. Et je le connais bien ! À part des petits arrangements avec deux trois épiciers sans carte de séjour, il se tient plutôt peinard. S'il se fait de quoi payer sa vignette, ça doit bien être le bout du monde. Bon, enfin, bref, on aurait pu penser qu'Oscar bouffait que du cassoulet en boîte pour pouvoir se payer le carrosse de ses rêves. Mais la princesse qu'il a fait monter dedans, faut pas croire. C'est du trois mille balles la journée minimum, ces souris-là, pourboire non compris ! Je le sais, j'en ai interrogé deux trois pour essayer d'effrayer du gratin. Encore un coup qui m'a rapporté que des engueulades, mais enfin bon... Du coup, je l'ai suivi, l'Oscar. Comme ça, de temps en temps. Une par semaine, qu'il se faisait. Une par semaine ! Vous vous rendez compte ? Trois mille balles, plus le pourboire, plus que des dames comme ça, elles racontent pas les mille et une nuits le ventre vide et que des ventres comme ça, on les remplit pas avec des Mac'Do ! On peut compter vingt mille balles par mois. Au bas mot !

– Et vous savez ça depuis longtemps ? demanda Albuquerque.

– Trois mois environ.

– Et vous n'avez rien dit ? s'étonna Swift.

– Dire quoi ? Je suis pas de l'I.G.S., c'est pas pour rien. Je me méfiais de plus en plus, c'est tout. Pour maintenir son train de vie, je pense qu'il aurait été capable de m'emmener au carton et ça, j'y tenais pas.

– Vous avez rien à nous donner, alors ?

Berlot soupira.

– Vous êtes vraiment sûr qu'il est dedans ?

– Cinquante ans de paie plus trois millions de dollars en diamants !

– Je vous demande ça parce que vous savez… Sa femme est sympa. Un peu bourgeoise, mais sympa. Elle allait tous les dimanches voir son père chez les petits vieux de Nanterre et lui il s'inventait des missions… ça va lui faire mal ! Mais enfin bon…

– Oui, enfin bon, répéta Albuquerque, légèrement agacé.

Maurice Berlot regarda l'inspecteur sans comprendre. Il hésita encore un instant puis lâcha :

– Tout ce que je peux vous donner, c'est une fille… Suzanne Leizbig, un chef-d'œuvre. Elle est nouvelle et sait pas trop où elle met les pieds. Les madames Claude se cognent à sa porte mais rien n'est encore fait. En mettant la pression, vous devriez pouvoir obtenir quelque chose.

– En mettant la pression ? demanda Swift.

– J'ai gratté un peu. Comme je vous l'ai dit, tout ça m'inquiétait un peu et pour moi, la retraite est pas si loin. Les parents crèchent dans le Nord-Est. Ils se sont saignés pour qu'elle vienne faire des études à Paris. Le truc classique, quoi. À mon avis, ils sont au courant de rien. Quand ils y seront, c'est qu'elle aura fini de payer leur pavillon où je ne sais trop quoi. Ce jour-là, elle sera bien installée et bénie par sa famille. Pour s'assurer son avenir, elle aura plus qu'à continuer d'imposer la capote à ses clients, ce qui dans ces milieux-là n'est pas le plus facile, mais enfin bon…

Mignard et Le Platane eurent beaucoup de mal à faire accepter à la femme d'Oscar la fouille de son appartement. Elle s'appelait Nadine et croyait à la probité sans faille de son mari. La perquisition la faisait basculer dans un état de citoyenne normale, ce dont elle s'était toujours cru protégée.

Mignard et Le Platane firent tout ce qu'ils purent pour éviter de l'humilier. En toute logique, Oscar n'avait pas pu planquer grand-chose dans cet appartement soigneusement entretenu par une femme de ménage hors pair, c'est-à-dire sa propre épouse. Ils lui demandèrent seulement si Oscar possédait un coffre.

– Tous les flics en ont un, mentit Le Platane. Nous avons tous des petits secrets professionnels dont nous sommes obligés de protéger nos familles. Votre mari en avait certainement un.

Malgré la ruse évidente, ou peut-être grâce à elle, car elle lui permettait de garder la face, Nadine accepta de les conduire dans le bureau de son mari.

– Le coffre est là, dit-elle d'une voix sèche, mais j'ignore où se trouve la clé !

En fait de coffre, il ne s'agissait que d'un tiroir de bureau. Mignard le força.

– Vous voulez bien nous laisser, maintenant, madame ?

La demande gifla Nadine. Elle sortit en claquant la porte et alla se cacher dans sa chambre pour pleurer. Les deux hommes l'entendaient. Ils se regardèrent et se mirent au travail en soupirant. Flic était un métier difficile et qui faisait continuellement souffrir la conscience, ils le savaient, mais dès lors que le suspect était l'un des leurs, ça devenait insupportable. Le Platane mit très vite la main sur ce qu'ils cherchaient. Une quittance de loyer pliée en quatre, probablement là en transit, puisqu'elle était le seul papier mentionnant l'existence d'un autre appartement. Sept mille francs par mois !

Le Platane et Mignard stoppèrent leurs recherches. Tout le reste serait là-bas, ils en étaient sûrs. Ils allèrent frapper à la porte de la chambre pour prévenir Nadine qu'ils s'en allaient. La veuve ne répondit pas. On n'entendait que de gros sanglots. Les deux hommes sortirent sur la pointe des pieds. Une fois sur le palier, Mignard alluma une cigarette, ce qui lui valut de se faire engueuler par un voisin qui rentrait chez lui.

– Vous, les flics, dit-il, vous vous croyez vraiment tout permis !

Le commissaire Degrave pensait aux quatre personnes qui s'étaient fait avoir dans cette histoire. Deux d'entre elles étaient déjà mortes et on ne tarderait pas à retrouver les deux autres. C'était presque sûr. Elles n'avaient aucun réseau pour se planquer et les salauds qui les avaient engagées ne feraient rien pour les protéger. Pour preuve Oscar, qui avait sûrement pour mission de les descendre. Mais il s'était fait avoir, Oscar. Kaput, Oscar. Et maintenant que Degrave était planté dans cet appartement que le flic véreux avait pour ainsi dire « affrété » pour ses longues traversées dans la débauche, maintenant qu'il voyait tout le fric qu'il y avait en jeu, il ne doutait plus de retrouver les jeunes kaput aussi.

Sur une table, devant lui, étaient étalés des plans de barrages, documents ultra confidentiels que Le Platane avait trouvés dans le coffre de l'appartement, avec pas mal d'autres petites choses comme un numéro de compte en Suisse, trois kilos d'héroïne (pour les faux frais ?), quelques dossiers très bien documentés sur la vie et les œuvres de politiciens au-dessus de tout soupçon…

Suzanne Leibzig était là, aussi. Elle était embêtée : 21 heures, c'est la bonne heure pour les clients raffinés, ceux qui aiment se taper un bon gueuleton avant tout.

Elle n'en menait pas large. Swift et Albuquerque l'avaient amenée ici pour que Degrave l'interroge. La jeune fille se rendait compte que le monde de l'argent flirtait avec celui de la mort et de la corruption et cette nouvelle vision des choses ne l'enchantait guère. Elle avait effectivement arrêté ses études et ses affaires marchaient bien. Oscar n'était pas son client préféré mais, comme tous les parvenus, il ne pouvait pas s'empêcher de payer plus cher que les autres. Degrave observait la jeune fille. Elle était tout simplement magnifique. Quoique là, l'angoisse lui tirât un peu les traits.

– Ça fait longtemps que vous vous prostituez ?

La jeune femme prit un air offusqué.

– Mais… je ne me prostitue pas, répondit-elle.

– Ne jouons pas avec les mots, si vous le voulez bien. De quoi vivez-vous ?

– De l'argent que me donnent mes amants…

– Voilà. Maintenant, n'en parlons plus. Avez-vous déjà vu Oscar avec d'autres hommes ou d'autres femmes ?

– Des hommes, sûrement pas.

– Je parlais de relations d'affaires.

Pas de réponse. Suzanne regardait la pointe de ses pieds et se balançait légèrement sur ses deux jambes, comme une enfant punie qui chercherait à se rassurer. Degrave l'observait.

– Mademoiselle, dit-il, je serai bref. Vous répondez ou j'appelle vos parents maintenant. Des gens sont responsables d'une effroyable boucherie. Quel que soit le prix que ça me coûte, je les traînerai devant un tribunal. Et un petit chantage qui ne vous fait même pas risquer votre peau ne me semble pas très cher.

– Quelle boucherie ?

– La Nationale Banque, voyons… Mais où vivez-vous ?

– Ah… La Nationale Banque…

Son regard devenait de plus en plus vague. Comment pouvait-elle se trouver mêlée à tout ça ? Elle se mit subitement à pleurer. Degrave, gêné, lui tendit un mouchoir.

– Qu'est-ce que vous croyiez ? Vous pouvez faire ce métier, mais tôt ou tard, la vérité vous sautera à la figure. Vous fricotez avec les criminels les plus puissants et les plus intouchables de la planète. Si vous voulez continuer, il faudra vous y faire vite… Mais assez de leçons. Dites-nous ce que vous avez vu.

Suzanne s'assit et demanda une cigarette. Degrave lui en donna une. Elle l'alluma et se mit à parler. Elle ne savait pas grand-chose mais cela suffit.

Maintenant, Degrave rentrait chez lui. À pied. L'enquête sur le double hold-up débouchait sur une impasse et hormis quelques investigations routinières, histoire de ne pas lâcher le morceau, il ne se passerait plus grand-chose.

« Hensley », avait dit la petite.

« Hensley », avait-elle entendu dire Oscar à un interlocuteur qu'elle n'avait pas pu voir parce que l'inspecteur véreux avait bien pris soin de l'enfermer dans la chambre. Et quand il avait entendu ce nom, le commissaire Degrave s'était pris la tête entre les deux mains :

– Et merde ! avait-il dit.

Mignard et Le Platane avaient soupiré. Le commissaire était resté prostré comme ça une bonne minute et avait fini par demander à ses inspecteurs de reconduire la jeune fille. Mignard avait voulu ouvrir la bouche mais Le Platane lui avait fait signe de n'en rien faire.

Une fois sortis et après avoir lâché Suzanne Leibzig, perplexe, quelque part sur les Champs-Élysées, ils retournèrent au commissariat. Mignard tenta de remonter le moral des troupes.

– On a quand même le témoignage de la petite…

– Ça change quoi ? Ça prouve la culpabilité d'Oscar ! Et encore, le témoignage d'une pute !

Degrave était hors de lui.

– Le problème, c'est qu'on le connaît pas, ce type, continua-t-il. On n'a ni sa tronche ni son adresse. On va rajouter un dossier sur une des piles où son nom apparaît. Tu le sais bien, à part les stups et les mœurs, tout le monde a quelque chose sur Hensley. Si un jour on l'attrape, il fera pas beaucoup de taule, il passera sa vie en procès ! Mais voilà, pour l'attraper, il faudrait au moins savoir qui il est !

– Alors affaire classée ?

– Affaire classée ! On est au bout de la piste et il n'y en a pas d'autres.

Le commissaire sortit. Il avait besoin de marcher. Par hasard, il repassa devant le café que les jeunes boucs émissaires avaient saccagé six mois plus tôt. Ces jeunes étaient foutus. La police les retrouverait et ils payeraient pour tout le monde, du dernier des truands au premier des ministres. Lui-même serait sauvé. En un sens, son fils avait raison. Les échecs conjugués de la police et de la justice étaient grandement responsables du massacre des boucs émissaires. Les faiblesses des démocraties font la force des dictatures, c'est bien connu.

« Bon, bon, bon », maugréa le commissaire.

Et il rentra chez lui.

9

Ce soir-là, pendant que son père s'enfonçait dans son impasse, Petit Pierre tabassa, mais pas des Anglais : le système de filtrage et de protection mis en place par les C.R.S. s'était avéré infaillible. Dany et sa bande s'étaient donc rabattus sur des footeux de gauche, le genre à aimer partager avec le peuple tout en répugnant à beugler l'hymne national. On les remarquait à cette manie qu'ils avaient d'applaudir poliment les buts adverses. Des inconscients. Dany et ses soldats en laissèrent sept sur le carreau. Les blessés totalisaient à eux tous dix-sept côtes fêlées, deux jambes et trois bras cassés, cinq traumatismes crâniens, un œil crevé, trois arcades sourcilières fendues, cent vingt et une ecchymoses et soixante-trois points de suture.

Ce n'était pas mal, mais au fond, Petit Pierre et les autres s'étaient un peu ennuyés. Ils étaient partis pour en découdre méchamment avec des adversaires entraînés et s'étaient retrouvés à taper dans du mou. L'affaire avait été vite entendue et ils étaient rentrés au squat aux alentours de minuit, non sans avoir embarqué deux filles bourrées mais assez rigolotes qui les avaient encouragés en poussant des petits cris ou en applaudissant à chaque coup de matraque donné. Elles trouvèrent moins drôle la tournante dont elles firent l'objet et qui répugna tout de même un peu Petit Pierre. D'ailleurs, ni lui ni Dany ne participèrent. Ils allèrent boire un coup chez Günter pour discuter de la soirée.

– Quand même, ces tournantes… C'est pas terrible, dit Petit Pierre.

Dany ricana.

– Tu m'étonneras toujours ! On détruit sept types et toi, tu pleures sur deux nanas qu'on fait juste un peu reluire.

– C'est pas pareil ! Les types, c'étaient des gauchistes ! Les nanas, elles nous ont rien fait. Et puis juste un peu reluire… Je m'excuse !

– Allons, elles acceptent de suivre douze mecs qui en ont massacré sept autres et elles ne savent pas ce qui les attend ?

– Il a raison, intervint Günter. Et de toute façon, faut pas se biler pour ça. Les femmes sont à notre service. Plus tard, elles ne serviront plus qu'à la procréation, tu sais. Comme chez les Grecs, au début. Ils baisaient entre eux et ne forniquaient avec les femmes que pour la perpétuation de la race, sinon, ça les dégoûtait. D'ailleurs, je dis femme, mais je devrais dire femelles. C'est comme ça qu'il faut les voir.

Petit Pierre réfléchit. À tout prendre, il préférait « baiser » avec une femme.

– Enfin, il y en a bien qui marchent avec nous, non ? dit-il.

– Bien sûr, et elles sont même d'accord pour se soumettre à nous, répondit Günter, qui semblait en veine de discours idéologique. Elles sont avec nous parce qu'elles sont d'accord avec notre ordre. C'est tout. Il y a bien des femmes musulmanes... Et pourtant, être l'esclave d'une crouille, faut le vouloir !

Petit Pierre était perplexe. Il se tourna vers Dany.

– Et toi, alors, pourquoi t'es pas avec eux ?

Dany haussa les épaules.

– J'ai d'autres projets pour ce soir, et puis c'est vrai que je trouve ça un peu... primaire.

Il but une gorgée de bière avant de continuer.

– Tu sais, je t'ai trouvé très bien, ce soir, et il est évident que ton engagement est plus profond que celui de tous ces briseurs de carreaux. J'ai affaire à des gens plus haut placés dans le Parti... La Section Chef. Des gens qui organisent autre chose que des opérations de trouble de l'ordre public.

Petit Pierre s'éveilla.

– Ah oui ?

– Oui, je t'en ai déjà parlé une fois. Tu te souviens ? Je t'ai dit que j'étais sur un gros coup. Là, il faut que j'y aille, j'ai un boulot important à faire pour eux. Mais demain, promis, je t'en parle... Ou tout à l'heure : j'en ai que pour deux heures. Trois maxi. O.K. ?

– Ça marche !

– Allez, salut !... Salut Günter, et bonne insomnie !

– C'est ça, c'est ça..., dit Günter. Sacré mec ce Dany, non ? ajouta-t-il une fois que le jeune homme eut passé la porte. Moi, je dis qu'il a de l'avenir. Avec lui, tu peux foncer !

Petit Pierre acquiesça vaguement, vida son verre et rentra au squat. Ses compagnons avaient fini. Une des filles, complètement saoule, s'était affalée sur son matelas. Petit Pierre n'osa pas la déranger. Les théories de

Günter sur les femelles lui déplaisaient et il trouvait tout de même ses compagnons un peu dégoûtants. Cela dit, une race d'élus ne se construisait en pas en cinq minutes et le parti saurait en temps voulu se débarrasser des impurs. En cela, il avait confiance. Il s'affala sur un canapé en mousse et, finalement, s'endormit. Il verrait Dany demain matin.

Cette nuit encore, il rêva de sa mère.

Dany arriva à la production vers 1 heure 30. On l'avait appelé pour faire le montage d'une bande ultra-secrète. Il n'avait aucune idée de ce dont il s'agissait mais il était heureux d'être employé à autre chose qu'à monter des films d'informations à usage interne. Quelque chose de très important, lui avait-on dit, qui réclamait une discrétion absolue. Peut-être enfin une enquête définitive sur la corruption des partis démocratiques, leurs liens avec les banques suisses et le blanchiment d'argent ou les mafias européennes ? Ou pourquoi pas l'implication du président de la République dans un trafic d'armes ou de drogue ? Il avait hâte de voir ça.

Il fit couler du café, prépara le banc de montage et attendit l'arrivée de ses commanditaires.

Ils arrivèrent aux alentours de 2 heures. Deux hommes épais, que Dany n'avait jamais vus, et M. Loi lui-même, chef secret du Parti, bientôt le grand patron de l'Internationale nazie.

Impressionné, Dany perdit un peu de sa superbe. C'était la première fois qu'il voyait M. Loi de si près, et debout ! L'énorme masse de chair tremblotante semblait tenir en équilibre sur ses pieds et une canne en métal. L'obèse s'affala dans un canapé et sortit un cigare de sa poche. Cela prit quelques minutes. Quelques minutes passées dans un silence que Dany trouva un peu pesant. Il distribua des cafés après avoir salué tout le monde et s'assit à sa place de monteur.

Soudain M. Loi parla :

– Ce que vous… allez voir… est… unique au… monde. Il n'y… a… presque pas de travail… Tout a été… filmé d'une… traite et il faudrait… conserver… ça au maximum… Couper seulement… ce qui est trop… comment dire… probant…

– Probant ? répéta Dany.

– Vous allez… comprendre… Là-dessus… il faut… que… vous… soyez… génial… Je veux… que ce soit… parfait !

Il sortit une cassette au format bétacam de sa poche et la tendit à Dany. Le jeune homme passa dans la petite pièce où se trouvaient les armoires à magnétoscopes, mit la cassette dans l'appareil correspondant et revint s'asseoir à sa place. Puis il lança le film à partir de son ordinateur et porta son regard sur l'écran le plus grand.

Il n'avait effectivement jamais vu ça. Il laissa le film se dérouler jusqu'au bout et dit d'une voix blanche :

– Le hold-up de la Nationale Banque. C'était donc ça…

– Oui… Le plus grand… snuff-movie… du monde… Un vrai massacre… en direct… Avec des vraies gens… pas des drogués… ou des… prostituées qu'il a… fallu enlever… ou acheter à… leur mac…

– Il n'y a effectivement pas trop de travail… Je suppose qu'il faut supprimer les plans où on voit les visages des tueurs ?

– Vous avez… bien… compris… On les… voit… à peine… mais… on ne sait… jamais…

– Je vais faire un report.

– Attention !..., intervint M. Loi. Il ne… doit être… fait… aucune copie… de ce… film… Personne, excepté moi… Personne… vous entendez… ne… doit… en connaître… l'existence…

Les deux hommes, sans doute des gardes du corps, semblaient ne pas exister. Ils regardaient Dany mais aucune expression ne traversait leur regard.

– Mais non, rassurez-vous, dit Dany un peu nerveusement. Votre cassette, c'est l'original ?

– Oui.

– Eh bien je copie votre original sur une autre béta et je reporte les images sur le disque dur de l'ordinateur. Ensuite, on fait les corrections nécessaires et on enregistre un master. Après, si vous le souhaitez, on écrase tous les fichiers et je vous remets la copie.

– Par… fait.

Dany se leva et passa à nouveau dans la salle aux magnétoscopes. Là, il essaya de réfléchir vite. On ne pouvait pas dire qu'il était un enfant de chœur et pourtant ce qu'il venait de voir l'avait profondément choqué. Mais une chose était sûre : ce film allait rapporter une fortune. Et l'idée folle de s'en emparer pour en vendre des copies à son compte lui traversa l'esprit. Commercialement, ça ne posait pas de problème : son patron se livrait à un petit trafic de cassettes pour pédophiles. Il accepterait sûrement, pour un bon pourcentage, de passer à la vitesse supérieure. Techniquement, c'était enfantin. Il lui suffisait de lancer un enregistrement. D'un autre côté, ce M. Loi était cinglé, c'était évident. Si Dany faisait une fausse manip, il ne sortirait pas d'ici vivant.

Il entendit remuer dans la salle de montage. Son cerveau fonctionnait à mille à l'heure. Malgré la peur que lui inspirait M. Loi, il prit sa décision : lancer une copie était toujours possible. Il réfléchirait plus tard à ce qu'il en ferait. En plus de la béta de sauvegarde destinée à M. Loi, il glissa la première V.H.S. qui lui tomba sous la main dans un des magnétoscopes et revint prendre sa place devant l'ordinateur.

Il travailla sans discontinuer pendant deux heures, dans une atmosphère oppressante. Une fumée écœurante se dégageait du cigare de M. Loi et plusieurs arrêts sur image donnèrent à Dany un début de nausée. Ce film était vraiment épouvantable. Et l'idéologie, dans tout ça ? Dany n'avait aucun remords. Elle allait se faire un max de fric, l'idéologie. À moins que M. Loi récupère tout. Pourquoi n'en profiterait-il pas lui aussi ?

À la fin, il projeta une dernière fois le film. M. Loi opina du chef.

– Parfait, dit-il.

Un des mastodontes sortit une matraque de sous son manteau et pulvérisa l'ordinateur. Dany voulut protester. M. Loi leva la main.

– Les ordinateurs… ont une… telle… mémoire… Nous ne faisons… que faire… ce que vous… nous… avez proposé : nous… écrasons les fichiers… Allez chercher… les… deux bétas…

Dany se leva et le second mastodonte le suivit. Le jeune homme regarda ses rêves s'effriter et tomber en poussière. La sale sensation qu'il allait les suivre le saisit à la gorge et il déglutit bruyamment. Comment avait-il pu croire qu'il sortirait d'ici vivant ? Il avança tête baissée jusqu'au premier magnétoscope, appuya sur la touche « éject », attrapa la cassette et la tendit à son gardien. L'homme avait sorti un couteau. Il souriait enfin. Dany appuya sur la touche « éject » du second magnétoscope. « Lui balancer la cassette dans la gueule, se dit-il, voilà tout ce que je peux faire ! » Mais il n'en eut pas le temps. Au moment où il attrapait la béta, il sentit un léger courant d'air et comme une brûlure à la gorge. Le geste de l'assassin avait été d'une incroyable rapidité. Dany tentait désespérément de serrer son menton sur son cou pour retenir toute cette vie qui dégoulinait mais, en quelques secondes, il vit son torse se couvrir de sang. Il chancela alors et tomba sur ses genoux. Mais avant de fermer les yeux, il aperçut la petite lumière de la V.H.S., parmi une myriade d'autres petits points lumineux, qui témoignait de ce que l'enregistrement continuait, et cela lui fit presque du bien. Enfin son oreille perçut la voix de M. Loi.

– Je suis... désolé..., disait-elle, mais les... hommes... aussi... ont une... mémoire.

Et ce fut tout.

10

La fille émergea à 6 heures. Elle mit à profit sa gueule de bois pour essayer de ne pas trop se rappeler ce qui s'était passé la veille. Elle savait qu'elle aurait du mal, mais elle y arriverait. Elle avait sérieusement envie de vomir. Elle tenta de se lever. Ça tanguait, mais ça tenait. Elle trébucha contre une table. Un verre tomba et se brisa. Le bruit réveilla Petit Pierre. La fille fonça vers le lavabo et dégueula tout ce qu'elle put. Puis elle se rinça la bouche et revint dans la chambre. Lentement, elle ramassa ses affaires. Petit Pierre la regardait. Pas elle. Elle sortit sans dire un mot. Petit Pierre entendit ses pas dans l'escalier métallique, une porte grincer, puis plus rien. Il regarda alors son réveil, s'étira, et décida d'aller voir Dany. Parler de tous ces projets qu'il avait pour lui.

La chambre de son ami était vide. Petit Pierre se dit que la séance avait duré plus longtemps que prévu. Personne d'autre n'était levé. Il prit une bouteille de lait et s'en servit un verre. À cette heure-là, le squat avait vraiment une gueule d'usine désaffectée. Petit Pierre décida d'aller à la rencontre de Dany. Il s'arrêta chez Günter, qui lui déclara ne pas avoir vu le jeune homme. Il continua donc jusqu'au studio vidéo.

Petit Pierre sonna : pas de réponse. Il composa le numéro du digicode que Dany lui avait donné et poussa la porte.

– Dany, chuchota-t-il. Tu es là ?

La lumière du couloir ne fonctionnait pas, et comme aucun rayon lumineux ne filtrait sous la porte de la salle de montage, il alla directement dans la pièce où se trouvaient les armoires à magnétoscopes. Elle aussi était plongée dans l'obscurité et Petit Pierre pouvait voir les cadrans des appareils scintiller. Il chercha l'interrupteur mais ne le trouva pas. Peut-être la salle s'allumait-elle de la régie ? Soudain, il s'immobilisa. Un léger sifflement, de plus en plus aigu, se fit entendre.

– Dany ?

Pas de réponse. Le sifflement aigu cessa, remplacé par un claquement sec. Petit Pierre reconnut alors le bruit d'une cassette qui sortait de son logement. Elle était éclairée de l'intérieur de l'appareil. Petit Pierre allait s'en saisir quand il buta contre quelque chose de mou. Il se baissa et avança la main. Ses doigts rencontrèrent des cheveux.

– Dany, c'est toi ? Tu dors ?

La question était stupide et Petit Pierre s'en rendait bien compte, mais se poser des questions stupides est rassurant dans ce genre de situation. Il voulut secouer son ami par l'épaule et ses doigts, cette fois, entrèrent en contact avec un produit visqueux.

– Bordel, c'est pas vrai, dit-il tout haut. Mais où elle s'allume, cette putain de lumière ?

Il retourna à la salle de montage. Là, au moins, l'interrupteur était mural, à hauteur d'homme, comme partout.

Les néons clignotèrent un instant, et c'est dans ce clignotement qu'il vit l'ordinateur fracassé. Il jeta un regard circulaire et aperçut l'armoire électrique. Une série d'interrupteurs étaient disposés près des plombs. Il les actionna tous et revint dans la salle aux armoires à magnétoscopes baignée de lumière. Là, il resta quelques secondes interdit devant le corps de son ami nageant dans son sang, une plaie béante à la place de la gorge. Puis il attrapa la cassette et s'enfuit.

Il alla immédiatement chez Günter.

– Ces salauds… Ces salauds ont tué Dany, dit-il, encore essoufflé.

– Hein ? Mais qui ?

– Je ne sais pas… Ils l'ont tué… égorgé !

– Attends, calme-toi… Tiens, bois un coup. Je ferme la boutique et j'arrive.

Petit Pierre but un calva et raconta tout à Günter. Le patron de café n'en revenait pas.

– Et cette cassette, c'est quoi ? demanda-t-il.

– Je ne sais pas. Elle était, elle était… Quand je suis arrivé, elle finissait de se rembobiner. Dany avait dû faire une copie de son travail… Il n'aura pas eu le temps d'arrêter l'enregistrement et, arrivée en fin de bande, la cassette est revenue au début et a été éjectée automatiquement. C'est le dernier boulot qu'il a fait… peut-être que ça a un rapport avec sa mort…

– On va monter chez moi la regarder, proposa Günter.

– Non. Moi, je vais la regarder. Toi, tu appelles la Section Chef. Ils te connaissent… Pas moi.

– Ça marche. Monte au premier. Le magnétoscope est dans le salon, à gauche.

Petit Pierre monta l'escalier. Le salon était une pièce

très propre, meublée très classiquement, et cela le surprit. Il avait toujours eu du mal à accepter que les gens de son parti puissent se comporter normalement. Après avoir glissé la cassette dans le magnétoscope, il s'effondra dans le canapé et mit en marche l'appareil. Il l'arrêta, livide, au bout de quelques minutes.

Ce qu'il avait vu lui avait révulsé l'estomac. Il ne savait plus où il en était. Et si Dany était mort parce qu'il avait vu ça ? Était-ce vraiment le Parti qui avait réalisé un film pareil ? Dany avait certifié qu'il avait un boulot de grande importance à faire pour eux... Un grand fracas métallique tira Petit Pierre de ses réflexions. C'est alors qu'il réalisa que Günter n'était pas monté. Rongé par l'angoisse, il s'approcha de la porte. Pas un bruit. Il descendit dans le café : personne. Le rideau de fer était baissé et Petit Pierre entendit la clé tourner dans le verrou.

– Günter, qu'est-ce que tu fous ?

– Salaud ! Pourquoi t'as tué Dany ? C'était mon ami, Dany, et toi aussi, tu étais mon ami ! Pourquoi t'as fait ça ?

Le gros Günter pleurait à chaudes larmes en mettant des coups de poing dans le rideau de fer.

– Mais ça va pas ? Pourquoi j'aurais fait ça, comme tu dis ? C'est eux qui t'ont dit ça ?

– Oui ! Ils arrivent. Tu vas voir, salaud, on va te faire une de ces fêtes !

– Mais ça n'a pas de sens... Et puis arrête avec ce raffût, tu vas ameuter tout le...

Petit Pierre s'arrêta net. C'était la seule solution. Ameuter le quartier, foutre un bordel monstre. D'abord, il appela les pompiers. Ensuite, il fouilla dans les produits d'entretien, derrière le bar. Il trouva deux bouteilles d'alcool à brûler qu'il répandit au bas des murs et craqua une allumette pour y mettre le feu. Les affiches prirent très vite. Il se rua dans la cuisine et ouvrit tous les feux de la gazinière. Il n'avait pas beaucoup de temps. Remonté en trombe dans le salon, il regarda par la fenêtre : Günter attendait, adossé à sa devanture.

Très vite, il reprit la cassette, presque par instinct, comme on protège un trésor de guerre, et passa dans une pièce donnant sur un autre angle de la maison. C'était la chambre de Günter. De là, il se suspendit à l'appui de la fenêtre et sauta dans l'arrière-cour. Au moment où il enjambait le mur, il entendit une voiture arriver et repartir très vite. Il se mit alors à courir, courir, courir, jusqu'à s'en faire péter la rate. Les sirènes des pompiers lui tournaient dans la tête, les rues se remplissaient de gens, la police arrivait aussi. Tout à coup, ce fut l'explosion. Il était déjà loin mais elle arrêta net sa course. Il s'accroupit derrière une palissade où il souffla un moment. Puis, complètement paumé, il erra longtemps dans la ville, jusqu'à ce que le soleil soit haut, avant d'aller se réfugier chez ses parents. Il avait beau retourner le problème dans tous les sens, il ne voyait pas ce qu'il pouvait faire d'autre. Mais il ne voulait surtout pas les croiser. Ni lui ni elle. Il téléphona pour vérifier qu'ils étaient absents.

Arrivé à 10 heures, il retrouva immédiatement ses gestes habituels : il grignota un bout de chocolat et se rendit dans sa chambre. Là, il s'assit sur le lit. Que faire ? Il ne pouvait quand même pas demander de l'aide à son père. Lui avouer qu'effectivement il avait saccagé, volé, tabassé à mort, et qu'il était inscrit à un parti nazi... Sans vraiment y réfléchir, il décida de laisser la cassette ici. Il ne pouvait pas la garder sur lui. Tant qu'ils n'auraient pas la cassette, puisque maintenant, ils savaient qu'il en avait une, ils ne le tueraient peut-être pas. Il la mit dans un tiroir de son bureau. Ensuite, après avoir jeté un dernier coup d'œil sur sa chambre, il partit.

Et c'est ainsi qu'il se retrouva soudain sans amis, sans parents, avec le vague sentiment qu'il devait mettre le plus de distance possible entre lui et tout ce merdier. Au fond, depuis qu'il s'était rué dans les bras de ses certitudes, il passait son temps à errer. Il se rendit à la gare de Lyon, où il acheta un billet pour Marseille. Puis il s'adossa à un panneau publicitaire, face à un indicateur S.N.C.F. Il regarda d'un œil nouveau tous ces hommes et ces femmes affalés sur des bancs ou contre des murs, certains ronflant, d'autres grognant, tendant la main dans un geste mou et à peine réel, comme une coupe déchiquetée qui ne saurait plus recevoir la moindre aumône… L'angoisse montait en lui. Il se demandait s'il n'aurait pas mieux fait, finalement, de parler à son père. Tout de même, le Parti était très organisé. Il n'était pas sûr qu'ils mettraient très longtemps à le retrouver. En plus, il avait des ramifications dans toute l'Europe. Il suffisait qu'on lance un avis de recherche le concernant et c'était presque sûr que c'était foutu… Les choses comme il les voyait tournaient au noir absolu. Au bout d'une heure passée à ressasser tout ça dans sa tête, il se dit qu'il était stupide. Que ce qu'il pouvait faire de mieux était d'appeler le commissaire Degrave et tout lui raconter. Le déshonneur plutôt que la mort. Merde ! On n'était plus au XIXe siècle !

C'est alors qu'il se dirigeait vers la sortie de la gare, rasséréné par son ultime décision, qu'ils arrivèrent. Dix skins qui marchaient d'un pas rapide et sûr, tournant la tête dans tous les sens. Un clochard se mit à beugler des propos incohérents sur tous ces « salauds de fachos » mais Petit Pierre ne les entendit pas. Il n'arrivait pas à détacher son regard de ces matraques et de ces lames de couteaux qui avaient subitement surgi des blousons courts. L'un des skins s'adressa à lui. Il l'avait souvent vu au squat.

– Dany était ton meilleur pote. On comprend pas comment t'as pu faire ça mais une chose est sûre : tu vas mourir.

– Qui vous a dit ça ?

– Günter. Il l'a dit à l'un des membres de la Section Chef, juste avant de crever.

– Comment ça, il l'a dit à… Günter est mort ?

– Comme si tu le savais pas, salopard ! On l'a retrouvé grillé comme un cochon, devant son bar… Il faut dire que vu comme tu l'avais planté, il risquait pas de s'enfuir.

Les occupants de la voiture qui était arrivée quand Petit Pierre s'enfuyait avaient dû comprendre son manège. Ils avaient alors neutralisé Günter, au cas où il aurait su quelque chose.

Son tour viendrait vite, maintenant. Il se laissa emmener sans résistance.

Vengeances

I

CE FUT À NOUVEAU comme s'ils étaient en vacances. Sonia partait faire de longues promenades dans la propriété. Louis lisait pendant des heures. Chaque arbre, chaque meuble leur rappelait Jack et Paol mais ils évitaient d'en parler. Sonia ne faisait plus de cauchemars. À se demander si le fait que Paol ne soit plus là pour s'occuper d'elle ne l'empêchait pas de se mettre en danger. À moins que ce ne fût parce que maintenant, les cauchemars, elle les vivait. Louis, par contre, dormait de plus en plus mal. Il rêvait tout éveillé de Sonia.

Chaque fois qu'elle partait pour une de ses longues promenades, Louis espérait qu'elle lui proposerait de l'accompagner, mais cela n'arrivait jamais. À chaque fois, elle se contentait de lancer un « à t'à l'heure » brumeux et sans chaleur. À la longue, Louis se mit à croire qu'elle partait se promener dès qu'elle ne pouvait plus supporter sa présence et cette idée lui rendait chacun de ses départs un peu plus pénible.

Elle dit une fois, comme ça, que marcher lui manquait, qu'elle en avait pris l'habitude et qu'elle ne pouvait pas, comme lui, rester assise pendant des heures, à lire ou à regarder la télévision. Cela le rassura et il faillit s'ouvrir à elle mais la peur de paraître ridicule et de perdre le peu de connivence qui restait entre eux le firent renoncer.

Louis avait la sensation désagréable de redevenir ce clochard incertain et ne reconnaissait plus en lui l'homme qui avait « épaté » Hensley. Cette histoire de récupération de magot lui semblait de plus en plus stupide au fur et à mesure que les jours passaient et même s'il ne s'était jamais fait à la situation de S.D.F., il se disait qu'il s'en sortirait mieux maintenant. Il s'imaginait squatter une petite bicoque et passer son temps à la remplir de livres, comme aurait certainement fini par le faire Paol.

À l'apéritif – leur seul cérémonial – un soir qu'il s'en sentait le courage et que Sonia semblait particulièrement bien disposée, il parla à la jeune femme de ses projets. Elle pouffa de rire.

– Oublierais-tu que chercher à bouffer et lutter contre le froid prennent tout son temps à l'homme dans la dèche ?

– Merde, on peut bien rêver un peu.

– C'est toi qui dis ça, toi, l'homme aux soupçons !

– De toute façon, qu'est-ce que t'en as à foutre, que je me tire ?

– Parce que tu te tirerais vraiment ? Tu laisserais tomber le magot ?

– Oui.

La jeune fille réfléchit, puis dit d'une voix posée :

– Écoute, c'est vrai que toute cette histoire de fric, je m'en tape un peu. Rien ne dit qu'Hensley ne va pas chercher à nous descendre dès qu'on aura le dos tourné. Mais si j'ai une seule chance de venger Jack et Paol, je veux pas la louper. Et sans toi, je vois pas comment je peux faire.

Louis sourit. Sonia leur reversa un whisky.

– Oui, c'est vrai, je compte sur toi, dit-elle.

Louis but une gorgée qu'il laissa couler lentement.

– Alors c'est donnant donnant. Dis-moi ce qui vous liait tant.

Sonia hésita longuement puis, sûrement aidée par le whisky qu'elle lampait sans interruption, elle se mit à parler.

– Je suis pas sûre que Paol aurait fini par... squatter une maison... Paol, c'était un peu comme un désastre permanent. Une plaie qui n'en finissait pas de cicatriser. Il en avait pas l'air, comme ça, mais il fallait pas s'y fier. S'il parlait peu, c'est qu'il voulait pas pleurer. Très vite, il trouvait toujours quelque chose de très triste à dire sur lui ou les autres... L'indifférence des gens, surtout, le blessait. Leur inconscience, aussi... Jack le ramenait sur terre. Il disait...

– Vérole !

Sonia sourit.

– Oui. Vérole... bien sûr qu'il disait vérole, mais pas que ça, quand même... Quand Paol était trop triste pour les gens, Jack disait : « Tu vas pas chialer sur ces connards ! Y z'en bouffent tant, de leur fric, que ça leur ressort par les yeux et qu'y nous voient pas ! » Pour Jack, tout ce qui traînait pas dans la rue était riche. Paol ne répondait pas à ça. La vision que Jack avait du monde était trop simpliste. Sans nous, il serait devenu complètement facho. Du genre à bouffer du nègre à la sauce crouille. Une infection. Juste histoire de trouver pire que soi, se défouler sur un bouc émissaire... Tu vois le genre ?... Tu te serais bien entendu, avec Paol.

– Mais je m'entendais bien, avec lui, dit Louis.

Sonia le regarda, pensive. Elle soupira avant de continuer.

– Il lisait tout le temps. Enfin, à chaque fois qu'il pouvait. Quand il avait un bouquin et qu'il était pas trop bourré. C'était tout ce qui l'intéressait. À part nous. Souvent, il disait des trucs incompréhensibles. Une fois, j'ai retenu une de ses conneries par cœur… Attend.

Elle leva les yeux au plafond, comme une gamine qui cherche si sa foutue récitation n'est pas écrite quelque part là-haut. Louis avait envie de lui caresser le cou.

– Ah oui, ça y est ! dit-elle. « L'homme n'a de cesse de se mettre dans une situation où il souffrira immanquablement. Sachant cela, il s'avère malgré tout incapable de choisir cette souffrance. Une fois les conditions réunies, il s'en fait son esclave. » T'y piges quelque chose ?

– Là, comme ça, pas trop… Il avait fait de la philo ?

Sonia haussa les épaules et hésita à poursuivre. Elle alluma une cigarette et en tendit une à Louis.

– Je ne sais pas, dit-elle enfin. Pour moi, quand il parlait comme ça, c'était comme si j'entendais une langue étrangère. C'est sûr qu'il était pas né sur le trottoir.

– Il était vraiment espagnol ?

– Je crois pas… Tu sais, c'était vrai qu'on parlait jamais de notre passé. C'était pas pour te faire chier.

Louis hocha la tête. Sonia s'ébroua et se resservit un whisky.

– Je vais te faire un petit cadeau : te raconter comment on s'est rencontrés. Mais peut-être que ça t'intéresse plus tant que ça ?

– Si, si… Vas-y.

– C'était à Grenoble, près de la gare. J'avais passé l'hiver dans le sud et je voulais rejoindre Lyon… Enfin, on s'en fout. Il y a toujours une foule de gens pas possibles qui traînent là-bas. Un jour, deux clodos m'ont forcée à les suivre derrière un conteneur à ordures. Ils voulaient se tremper la queue mais moi ça me disait rien. Je me suis mise à gueuler mais au début, il y a que les clébards des junkies qui m'ont répondu. C'était pas la première fois que j' me faisais ramoner les tripes par des sauvages et j' me disais qu' j'allais toujours essayer d'en tirer un peu de pognon quand j'ai vu se pointer deux mecs. Un mastodonte et un petit sécot. Ils me rappelaient ce bouquin, tu sais, où deux types cherchent du boulot. Ils en trouvent mais chaque fois ils se font virer parce que le grand costaud ne peut pas s'empêcher de faire du grabuge, vu qu'on lui cherche toujours des noises. À la fin, il tue une femme sans le vouloir, comme les souris quand il les caresse, parce qu'il se rend pas compte de sa force, et son copain est obligé de le descendre.

– T'as lu ça, toi ?

– Je suis pas complètement conne !

– Ça n'a rien à voir !

– Bon… Je continue ?

Sonia finit son verre d'un trait et Louis leur en remit une rasade.

– Le mastodonte, Jack, attrape un des deux mecs et le balance direct dans la benne à ordures. Ça lui semblait pas plus lourd qu'un sac poubelle rempli de coton. Le deuxième mec, celui qu'avait déjà la bite au vent, il a passé un mauvais quart d'heure. Jack lui a entièrement refait la gueule. Moi, j'étais terrifiée. C'était pas la première fois que je voyais des mecs se disputer un cassecroûte et rien ne me disait que j'assistais pas à un changement de violeurs. C'est alors que le petit s'est approché de moi. Il m'a mis son manteau sur les épaules et m'a caressé mes cheveux. Ça m'a toute retournée et je me suis mise à chialer. Tout à coup, on a entendu hurler. Jack tenait le mec à bout de bras et il l'a cassé en deux sur son genou. Puis il l'a balancé dans la benne… « Et de deux », il a dit. Paol lui a fait remarquer qu'il l'avait peut-être tué et que l'autre pourrait bien nous balancer. Jack a dit : « Vérole », puis est monté dans la benne. On a entendu pleurer, puis un craquement, puis plus rien. J'étais horrifiée et rassurée en même temps. Je suis restée avec eux. Je sais pas ce qui s'était passé ce soir-là, dans leur tête, mais je les ai plus jamais vus tuer personne. Moi, c'est à ce moment-là que j'ai commencé à faire des cauchemars mais je crois pas que ça avait grand-chose à voir parce que, quand même, avec eux, la vie était plus belle…

Sonia se mit à pleurer doucement. Louis ne dit rien. Il passa sa main dans ses cheveux.

Ils finirent la bouteille avant d'aller se coucher et, comme toujours, ils ne firent pas l'amour.

Le lendemain après-midi, Hensley vint frapper à leur porte. En général, il n'entrait jamais dans la maison, sauf pour leur apporter des courses. Louis et Sonia l'évitaient soigneusement et attendaient qu'il reparte pour ranger les courses dans les placards ou le réfrigérateur. Cette fois-là, il voulait leur parler. Il s'adressa à eux comme si de rien n'était et leur expliqua qu'il avait pu joindre M. Loi. Apparemment, celui-ci était tombé dans le panneau. Le fait de savoir qu'Hensley avait « fait subir au traître un juste châtiment » avait bien pesé dans la balance. Hensley attendait maintenant de savoir quand la rencontre aurait lieu.

Louis se rendit compte qu'une fois de plus ils faisaient confiance à l'homme responsable de leur délivrance mais par là même de leurs nouvelles souffrances. La phrase de

Paol sur la souffrance lui revint alors vaguement en mémoire, mais si vaguement…

Hensley leur conseilla de se tenir prêts et de ne pas trop picoler. De toute façon, il n'avait rapporté que des bières. Sonia lui proposa d'aller se faire foutre et remonta se coucher afin de finir de cuver son whisky. Louis chercha dans la bibliothèque *Des souris et des hommes* et le relut d'une traite.

2

Ça faisait maintenant quatre jours que Petit Pierre avait disparu. Tous les flics de France étaient au cul de Paulette Goddard et de l'inconnu. On ne les avait vus nulle part, mais les retrouver n'était qu'une question de temps. À moins qu'Hensley ait déjà mis la main dessus… L'affaire n'avait de toute façon plus beaucoup d'intérêt pour Degrave et, malgré tout ce qu'il pouvait ressentir vis-à-vis de Petit Pierre, la disparition du jeune homme l'inquiétait. C'était ridicule mais, pour lui, maintenant qu'il n'avait plus son fils sous les yeux, c'était son môme de dix ans, en culottes courtes et aux genoux écorchés, qui avait été englouti par la ville. Pas un nazillon. Et cette inquiétude était d'autant plus grande que sa disparition avait eu lieu le jour même où le café qui servait de Q.G. aux skins avait brûlé. Le fait de n'avoir retrouvé que le corps de Günter était rassurant, certes, mais le trou qu'il avait dans le cœur, lui, ne l'était pas.

Ce soir-là, quand il arriva chez lui, Élisabeth l'attendait dans la cuisine. Elle avait les yeux rouges et fumait une cigarette.

– Tu re-fumes ?

– Il est passé.

– Petit Pierre ?

– Oui.

– Mais quand ?

– Je ne sais pas… Hier, avant-hier…

– Tu en es sûre ?

Élisabeth ne répondit pas tout de suite et regarda son mari. Un homme de cinquante ans appuyé contre le chambranle d'une porte, plutôt beau puisqu'elle l'aimait encore, mais aux traits légèrement tirés par une angoisse qui ne le lâchait plus. Comme elle, sûrement. Elle ne savait pas. Elle ne se regardait plus dans les miroirs. Elle se leva.

– Assieds-toi. Je te sers un whisky.

– Non merci, ce n'est pas nécessaire… Je n'arrête pas, ces derniers temps.

– Mais si, c'est nécessaire. Assieds-toi, je te dis.

Degrave s'assit et attendit malgré son impatience : Petit Pierre était vivant. Élisabeth revint du salon avec une bouteille et deux verres.

– Je vais en prendre un aussi.

Elle posa les verres et la bouteille sur la table, à côté d'une cassette vidéo. Elle avait l'air complètement épuisée et parlait d'une voix blanche.

– Il a laissé cette cassette. Je l'ai trouvée dans sa chambre… J'ai vu qu'il était passé parce qu'il n'a pas pu s'empêcher de grappiller un bout de chocolat. Je ne sais pas quand il a fait ça. Je n'ai moi-même pas touché au chocolat depuis un bon bout de temps… Enfin voilà. Il est passé et il est reparti… Comme un voleur. Sans une explication. Pas le moindre petit mot. Alors j'ai fouillé… Je voulais comprendre…

– Ne t'excuse pas. Je ne risque pas de t'en vouloir.

– Remarque, je n'ai pas fouillé longtemps. Elle était tout simplement dans un tiroir de son bureau.

Il prit la cassette vidéo et la retourna entre ses doigts :

– Tu l'as regardée ?

– Oui.

Élisabeth devint livide. Elle battit des paupières et but un coup de whisky.

– Mais qu'est-ce que c'est ?

Elle déglutit.

– Un massacre. Un vrai.

– Comment ça, un vrai ?

– Eh bien un vrai, où les gens meurent vraiment !

Le volume de sa voix avait augmenté.

– Mais... Où a-t-il bien pu trouver ça ?

– Comment veux tu que je le sache ? – Elle criait presque, maintenant. – C'est toi le flic, non ? Tu dois bien connaître ce genre de réseaux. Je me disais que peut-être, en partant de là...

Sa voix était pleine de larmes. Il s'attendait à voir de fines perles d'eau couler aux commissures de ses lèvres.

– Non, je ne connais pas ce genre de réseaux, murmura-t-il comme parlant pour lui-même. Et puis enquêter sur mon propre fils... ça risque de nous mener loin... je pourrais être amené à l'arrêter...

– Alors je te quitterai peut-être... Il y a bien un moment où il faut aller jusqu'au bout du désastre... Et je te quitterai même si je t'aime encore.

– ... Seulement peut-être... ?

– Oui, seulement peut-être... Il faut que tu regardes cette cassette. Moi, je ne pourrai pas le faire une seconde fois. Je n'en peux plus de toutes ces histoires... Je vais me coucher.

– Sans manger ?

– Regarde, Paul, regarde et tu comprendras.

Une fois le film terminé, Degrave resta un moment abasourdi. Puis il eut envie d'aller se promener du côté d'Assas afin de se battre contre une bande de skinheads. Il en traînait souvent au Q.G. du G.U.D. Se battre, avoir peur, chaud, détruire, sentir la chair éclater sous les phalanges, déchirer, griffer, mordre et peut-être tuer.

Parce que des morts, il en avait vu, et plus souvent qu'il ne l'aurait souhaité ! C'était son métier qui voulait ça. Il avait même vu mourir, ce qui était pire. Mais un tel massacre, un tel sadisme…

Puis le flic revint à la surface. Massacre à la machette… La Nationale Banque, sûrement. Il téléphona à l'inspecteur Mignard et lui demanda de venir le rejoindre chez lui. Il était 2 heures du matin mais l'inspecteur ne broncha pas. C'était un célibataire endurci doublé d'un insomniaque opiniâtre qui avait accroché sa vie à son travail comme on accroche sa veste à un portemanteau. Un de ces hommes qui aurait fait un excellent commissaire s'il ne souffrait pas d'un analphabétisme chronique et buté : la lecture de ses rapports était une tâche à laquelle il était très difficile de se confronter. Degrave et l'inspecteur se servirent un café puis le commissaire lui fit voir le film. Les cils de l'inspecteur battirent légèrement. Il remua sur son siège et alluma une cigarette. À la fin du film, il demanda un autre café au commissaire.

– Ça te dit quelque chose ? demanda Degrave presque en murmurant, comme si sa question était choquante.

– Oui. C'est le hold-up de la Nationale Banque.

– Tu en es sûr ?

– Certain, j'y étais… C'était horrible… On nageait

dans le sang. Du sang partout. Comme si le sang avait eu plus d'importance que l'argent. Des membres entaillés à coups de machette, des gorges tranchées… Des visages… des visages… Enfin, comme sur la cassette, quoi… Vous avez dû lire tout ça dans le rapport. Ça fait un moment qu'on n'est plus sur la piste de cambrioleurs ordinaires, mais sur celle de fous sanguinolents.

– Sanguinaires.

– Pardon ?

– Sanguinaires, pas sanguinolents.

– C'est important ?

– Pour moi, oui. Ce sont les victimes qui sont sanguinolentes.

– Alors sanguinaires.

– Quoi qu'il en soit, nous sommes bien d'accord. Il s'agit bien du hold-up de la Nationale Banque. J'ai l'impression que notre affaire est relancée. Il serait tout de même malheureux que nous ne trouvions pas une piste à suivre dans ce fatras d'immondices.

L'inspecteur Mignard se resservit un café.

– Où avez-vous trouvé ça ?

Comme cisaillé par la question, le commissaire s'affala dans le canapé. L'inspecteur vit des rides se former autour de sa bouche et de ses yeux, tout à coup cernés de violet. Le regard de son supérieur devint vitreux et ses épaules se recroquevillèrent légèrement. L'inspecteur sut exactement à quoi ressemblerait le commissaire Degrave lorsqu'il aurait quatre-vingts ans. Tout son corps devenait une déchirure. Un sanctuaire.

– Patron, ça va ?

La question était ridicule et Mignard le savait ; mais que dire d'autre ? D'une voix rauque le commissaire répondit :

– Je l'ai trouvée… enfin ma femme l'a trouvée… dans la chambre de mon fils.

– La chambre de votre fils ? De Petit Pierre ?

Le commissaire opina du chef. Mignard fouilla dans les placards et mit la main sur la bouteille de whisky. Il en versa une bonne rasade au commissaire et, tout compte fait, à lui aussi.

– Mais comment ?…

– Je ne sais pas. Mais je maudirai toute ma vie le hasard qui a voulu que mon fils soit impliqué dans cette affaire. Merde ! Il aurait pu s'agir d'un simple cambriolage ! Mais non ! Il faut que des nazis vendeurs de snuff-movies soient impliqués jusqu'au cou et que mon fils fasse partie de cette racaille.

Degrave hurlait, maintenant

– Parce que mon fils est un nazi, monsieur Mignard, tu l'ignorais peut-être ? Moi, Paul Degrave, je suis le père d'un nazi !

– Mais, ce n'est pas possible !

– Si, c'est possible !

Il s'assit brusquement et se mit à pleurer, la tête dans ses bras. Élisabeth, réveillée par les cris de son mari, se leva et congédia gentiment Mignard qui fila avec la cassette. En fin d'après-midi, elle avait subi le même choc que Degrave. Elle voyait ce que c'était. Elle embrassa ses épaules et l'accompagna jusqu'à leur chambre à coucher. Elle le déshabilla alors qu'il ne cessait de pleurer puis le coucha. Pour l'heure, c'était vraiment un tout, tout, tout petit vieux.

3

Hensley raccrocha, traversa le parc et frappa à la porte de la maison de gardien. C'est Louis qui ouvrit la porte.

– Qu'est-ce que vous voulez ?

Jamais bonjour, jamais salut, jamais « ça va ».

– J'ai eu M. Loi. Il nous attend demain.

– Où ?

– Sonia est là ? Je préférerais qu'on en parle à trois.

Louis s'écarta du passage et laissa Hensley le suivre dans la cuisine. Sonia était attablée devant un café. La scène était tranquille, éclairée par le soleil qui se frayait un chemin entre les branches d'arbres et la crasse qui s'accumulait sur les vitres. Hensley eut envie de s'asseoir aussi mais il resta debout et se laissa seulement aller à demander s'il pouvait avoir du café. Comme d'habitude, Sonia répondit non. Louis désigna la cafetière et posa une tasse sur la table.

– C'est pour demain, dit Hensley à l'intention de Sonia.

– Où ?

– En Normandie. Première étape du côté de Rambouillet, pour rejoindre une escorte.

– Une escorte ?

– Je pense qu'ils veulent s'assurer que nous sommes seuls…

– Ils n'ont pas confiance ?

– Personne n'a confiance. Jamais. Et puis jusque-là, tout ne s'est pas déroulé comme prévu… ça énerve.

– Et une fois arrivés là-bas, comment on s'y prend ?

Hensley sortit de sa poche une paire de menottes.

– Vos poignets, s'il vous plaît, Louis.

Louis tendit les poignets et Hensley y passa les menottes.

– Maintenant, appuyez ici.

Hensley désignait une minuscule targette en métal. Louis s'exécuta et les menottes s'ouvrirent.

– Amusant, dit Sonia.

– Je les ai toujours sur moi. Plusieurs fois des types ont voulu m'attacher avec… Ils sont tous morts.

– Ça va, dit Sonia agacée, on le sait que vous flinguez tout ce qui se trouve sur votre chemin… Alors, c'est quoi le plan de SuperHensley ?

– Il est simple. On entre avec nos passeports, c'est-à-dire la boîte et vous, je m'arrange pour vous faire venir dans le bureau de M. Loi, et une fois que nous sommes trois dans la place, on le prend en otage. Si ça se gâte avant d'en arriver là, vous pourrez toujours vous libérer et tenter votre chance.

– Alors ça, c'est *génial* ! On croirait entendre Obélix. On entre, on casse tout et on ressort… Sauf que lui il a de la potion magique. Et nous ? Elle est où, notre potion magique ?

Hensley tapota son cerveau.

– Là, dit-il.

– Ben voyons ! Les Pieds Nickelés contre Barbe-Bleue, troisième épisode, avec, en guest-star, Einstein !

– Les plans les plus simples sont souvent les meilleurs. Ils n'ont aucune raison de penser que vous marchez avec moi… Sur ce coup-là, je prends autant de risques que vous. Nous sommes trois et ils seront sûrement beaucoup plus nombreux. La technique du cheval de Troie est la plus indiquée dans ce genre de situation. C'est exactement celle que vous avez utilisée pour sortir de la banque et elle a fonctionné, non ? Mais peut-être avez-vous mieux à proposer ?

– Non, dit Sonia. De toute façon, c'est vous qui savez. Mais je marche à la seule condition que nous restions armés.

Hensley fit la moue.

– Ça risque d'être dur de passer le contrôle.

– Allons, allons… Vous vous arrangez bien pour qu'on arrive là-bas vivants et pour qu'on se retrouve dans le bureau de M. Loi avec vous… Vous vous arrangerez aussi pour que personne ne nous fouille… Einstein ne va pas me dire qu'il est déjà à court d'idées ?

– Et vous, Louis, qu'en pensez-vous ?

– Moi, je suis avec Sonia.

– Bon, dit Hensley.

Il reposa sa tasse de café et sortit sans dire un mot.

4

Mignard, Le Platane, Swift et Albuquerque n'en pouvaient plus. Ça faisait maintenant sept heures qu'ils travaillaient sur le film tourné dans la Nationale Banque et ils ne se faisaient toujours pas à l'horreur. Le visionnage au ralenti remettait heureusement un peu de distance entre eux et la réalité de l'événement filmé. Mais le sang, les plaies béantes, les bouches tordues, les yeux révulsés, les membres qui tombent des corps sous les coups de machette, rien de tout cela ne leur était épargné.

Le Platane avait intitulé le film *Rwanda 2*.

– *La suite en plus con*, ajoutait invariablement Swift.

– *Rwanda 2, la suite en plus con*, vingtième reprise. La troupe des spectateurs est définitivement K.O. mais le match continue, lança Mignard après la pause de la septième heure.

– Merde, c'est pas possible, dit Albuquerque, on va bien trouver quelque chose !

– Que oui, on va trouver quelque chose, renchérit Le Platane. Si la bande de cinglés qui a réalisé ce massacre en plein Paris s'en tire, je file ma démission pour de bon !

– Ah oui ? Et comment on va t'appeler, si tu fais ça ?

– Francis, comme tout le monde à part vous !

Une complicité commençait à naître entre les trois hommes et la femme. Tous les quatre s'unissaient comme ils pouvaient face à l'horreur. Le commissaire avait insisté pour travailler avec eux mais ils avaient fermement refusé. S'il voulait vraiment faire quelque chose, qu'il exploite plutôt les maigres renseignements qu'il avait récoltés sur son fils et ce Dany, lui avait conseillé Mignard. Son équipe estimait le commissaire trop impliqué pour supporter la vision à répétition de cette espèce de film.

– Ça se vend cher, à votre avis, un truc pareil ? demanda Swift.

– Inimaginable ! dit Le Platane. Bon, on y retourne ?

– Eh, ma poulette, tu veux que je te remplace ?

C'était Castelli.

– Non. Ça va, merci, répondit Swift. Va plutôt t'occuper de tes dealers d'herbe.

– Eh ! Venez voir ça !

Mignard passait la tête par la porte. Il avait déjà commencé la projection. Castelli entra avec tout le monde L'image sur l'écran était stoppée.

– Là, vous allez voir, je crois qu'on a quelque chose

C'était une des scènes les plus insupportables du film. Le cameraman avait pris dans le même plan un molosse qui coupait centimètre par centimètre le bras d'une victime et le visage même de cette victime, tordu de stupeur, de douleur et d'effroi. La machette allait jusqu'à l'épaule, passait par l'oreille, et finissait par le cou. Le bras était filmé en gros plan et le visage était à l'arrière-plan. Ce qui faisait qu'on s'approchait du visage en même temps que le bras était raccourci.

Le gros problème pour trouver des indices dans ce film était que tous les bourreaux étaient harnachés de la tête aux pieds. Pas un cheveu ne dépassait. Il n'était même pas possible de dire s'il s'agissait d'hommes ou de femmes.

Mais là, sur cette image en gros plan, passait fugitivement la main du bourreau.

– Vous voyez, là, dit Mignard. Regardez les doigts. Depuis le début, on pense qu'ils sont couverts de taches de sang, mais en fait, il s'agit de tatouages... Tiens, Castelli, tu tombes bien. Si tu pouvais nous tirer une photo de cette image et en faire réaliser un agrandissement par le labo, ça nous ferait des petites vacances.

Castelli s'approcha de l'écran et dit :

– Pas besoin d'agrandissement... Je suis presque sûr que sur chaque doigt est gravé un N...

– Comme haine ? demanda Albuquerque.

– On le dirait bien.

– Et ça nous donne quoi, ça ? demanda Swift.

– Ça nous donne la N.N., répondit Le Platane. Abréviations pour Nation Nazie.

– Et ça se trouve, ça, dans nos dossiers ?

– Bien sûr que non. Depuis des décennies, on a des renseignements sur tout ce qui lève le petit doigt à gauche mais malgré le nazisme, le fascisme, le pétainisme, le S.A.C., la rue des Rosiers, le Front national, et j'en passe, on n'a pour ainsi dire rien sur tout ce qui lève le bras à droite... Mais moi, j'ai quelque chose sur eux !

C'était Degrave, qui arrivait du bout couloir.

– Chapeau, ajouta-t-il. Vous avez bien bossé... Et merci... Dites donc, Castelli, qu'est-ce que vous foutez là, vos dealers font grève ?

– Ça va, ça va.

Castelli repartit.

– Tout de même, patron, vous êtes dur avec lui. C'est lui qui a reconnu les tatouages ! dit Mignard.

– Je sais, mais dis-toi bien une chose. Si des mecs comme Castelli n'étaient pas persuadés qu'il suffirait de foutre les Arabes dehors pour qu'il n'y ait plus de drogue en France, on n'arriverait pas à des horreurs pareilles.

Son doigt désignait l'écran de télévision.

– Commissaire, commissaire !

Un agent arriva en courant.

– Vos voisins au téléphone… Paraît qu'il y a un gros problème chez vous.

Armoires renversées, lits éventrés, bibliothèque dévastée… L'appartement était sens dessus dessous. Au milieu du salon, sur une chaise, trônait Élisabeth.

Elle était morte.

Le commissaire Degrave ne cessait de pleurer en martelant ces mots : « Mais comment n'y ai-je pas pensé plus tôt, comment n'y ai-je pas pensé plus tôt, comment n'y ai-je pas pensé plus tôt… »

C'était une longue et incessante litanie que rien ne pouvait contenir. Mignard ne répondait jamais à la question. À quoi bon ? Un homme tombé au plus bas n'a plus que deux solutions : regarder devant lui, comme s'il n'avait rien d'autre à faire que marcher dans ce long couloir noir, ou au-dessus de lui. Ce n'est que dans la seconde solution qu'il verra les mains tendues.

Pour l'instant, le commissaire ne regardait même plus. Une image, une seule, lui obturait les yeux : la gorge ouverte d'Élisabeth. Une gorge qu'il avait aimée, embrassée, caressée. Une gorge si sale maintenant… Si sale de tout ce sang mais surtout de tous ces cris qu'elle avait poussés et que personne n'avait entendus. Et surtout pas lui.

Même s'il s'était trouvé à mille kilomètres de là, il aurait dû entendre.

Parce qu'il aurait dû comprendre. Le scénario de ce qui s'était passé était évident.

Comment ces salauds avaient-ils fait pour savoir aussi vite que la cassette était ici ? Il l'ignorait encore.

Toujours est-il qu'ils étaient venus chez lui, chez elle et lui. Mais n'avaient rien trouvé. Alors ils avaient attendu. Élisabeth rentrait des courses. Ses cabas étaient encore dans la cuisine. On y découvrit un canard et du champagne. Du canard laqué, le plat préféré du commissaire ? Peut-être. Une décision de vivre malgré tout avec cet homme qu'elle aimait somme toute plus que son fils ? Peut-être. Toujours est-il qu'au dernier moment, après l'avoir attachée et bâillonnée, ils l'avaient torturée et assassinée. Torturée pour rien, d'ailleurs, puisque la cassette n'était plus ici.

« Torturée, assassinée. Les deux principaux préceptes du fascisme et du nazisme ont été appliqués à la lettre. »

Degrave insista pour que l'on écrivît cette phrase dans le rapport. Ça revenait chez lui comme une obsession. Bien entendu, son chef de département la supprimerait – la police ne fait pas de politique ! – mais sur le coup, personne ne voulut le décevoir et Le Platane promit au moins quinze fois que la phrase figurerait en première page. Longtemps après, une fois les scellés posés, le commissaire demanda à Mignard de l'accompagner. Il ne voulait pas prévenir la famille tout de suite. Il voulait boire.

Ça faisait deux heures, maintenant, que Degrave vidait verre sur verre. Le barman les regardait d'un sale œil.

– Il faut que je m'effondre, répétait Degrave, il faut que je m'effondre. On ne peut pas laisser passer ça. Nous ne devons pas nous laisser dévorer par nos cœurs de pierre. Tu comprends, Mignard, tu comprends ça ? Si nous, défenseurs des valeurs de la démocratie, nous laissons dévorer par nos cœurs de pierre, alors que restera-t-il ? QUI restera-t-il ?

– Mais les citoyens, patron.

– Mais NOUS sommes des citoyens. Et je te rappelle que dans notre pays, les citoyens ont le DROIT d'être fascistes… et pire, même nous, les flics, on a le droit. Pour certains, ça a même l'air d'être un devoir… Regarde Castelli, ce brave Castelli avec qui tu me reproches d'être si dur ! Non, il faut que je m'effondre.

Encore une fois, Mignard insista :

– Écoutez, il faut me dire, maintenant. Qu'est-ce que vous savez sur la N.N. ?

– Que c'est une sale bande de nazis merdeux ! Comme il y en a trop dans ce pays de merdeux !

– Bon sang, patron, arrêtez ! Écoutez-moi ! Tout va trop vite, là, il faut se calmer !

– Il faut que je m'effondre.

Le barman s'approcha et alluma une cigarette.

– Bon, c'est pas fini ce bordel ! dit-il.

– À boire ! dit Degrave.

– Non, dit le barman. Fini. Terminé.

– Ça va, calmez-vous, on y va… Venez, patron, on va chez moi.

Degrave se laissa entraîner. Une fois dans la voiture, il marmonna :

– Faut d'abord passer chez moi.

– On peut pas, il y a les scellés !

– Le dossier sur la N.N, il… il est chez moi…

– Merde ! Et vous pouvez rien me dire ?

– Si… Si tu as une bonne… bonne bouteille de whisky, on devrait pouvoir s'entendre.

– On va passer en acheter une chez l'Arabe du coin.

– Aaaah !!! L'Arabe du coin... Qu'est-ce qu'on ferait sans lui ? Plus aucun... plus aucun de ces Français à la noix ne veut reprendre une épicerie !

Degrave siffla la moitié de la bouteille en parlant de ses dossiers avant de s'effondrer enfin et pour de bon. Mignard le coucha dans sa chambre. Puis il appela la boîte.

– Allô, Albuquerque ? C'est Mignard... Oui, je suis avec le patron... Et comment veux-tu qu'il aille ?... Oui, il a quand même pu me fournir quelques renseignements... Il faudrait que tu lances un avis à toutes les gendarmeries de Normandie... Oui, je sais qu'il est tard... On s'en fout, ils découvriront les télex demain matin, à la première heure ! Bon, tu as de quoi noter ? Il faut trouver une association de chasse un peu bizarre. Nature et Nation. Pas dans le Bottin. On y entre plutôt par le bouche à oreille. Des types qui s'entraîneraient au tir dans un château. Genre paramilitaire, tu vois ?... Ils peuvent être jusqu'à cent. Ça doit se remarquer, même s'ils sont discrets et si tout le monde préfère fermer sa gueule... Ils se tiennent sûrement peinards. Tu sais, tous les dimanches, plein d'abrutis se promènent dans les champs avec des permis de tuer et c'est légal... Précise bien que c'est urgent, que ça concerne l'assassinat de la femme d'un commissaire et le massacre de la Nationale Banque. O.K. ?... C'est ça, bonne nuit.

Mignard raccrocha et se servit un petit whisky. Après avoir écouté délirer et regardé boire Degrave pendant trois heures, il trouvait qu'il l'avait bien mérité.

5

Louis regardait le paysage et pensait à Paol regardant le paysage. L'Espagnol semblait toujours y voir mille choses alors que lui n'y observait jamais que de la chlorophylle ou de la terre et parfois, mais rarement, de l'eau. Peut-être était-ce encore une chose que Sonia n'appréciait pas beaucoup chez lui, ce manque de poésie…

Ils roulaient depuis plusieurs heures. Sonia était au volant. Hensley, assis à côté d'elle, fumait cigarette sur cigarette mais n'en paraissait pas plus nerveux pour autant. Plutôt réfléchi… Ils décidèrent de s'arrêter pour déjeuner dans un restaurant.

– Dans ce genre de situation, moins on se cache, moins on est repéré, affirmait Hensley.

Cet arrêt rappela à Louis certains départs en vacances, quand il était petit. Son père râlait contre tout : le beurre était rance, le sel trop salé, le poivre trop piquant, la viande trop cuite, les légumes congelés, le fromage pasteurisé et le dessert aseptisé. Sa femme essayait bien de lui faire entendre que le menu à trente francs (à l'époque) ne pouvait offrir la même qualité que celui que l'on servait dans un restaurant trois étoiles, il n'y avait rien à faire : son mari faisait des pieds et des mains pour obtenir une ristourne avant de sortir en beuglant qu'il ne remettrait jamais les pieds dans un endroit où il devait payer pour se faire empoisonner. Sa femme et Louis, honteux, sortaient à sa suite puis attendaient, à l'ombre d'un arbre, que leur mari et père cuve son vin au cours d'une interminable sieste qui ne les faisait repartir que vers 4 heures de l'après-midi.

Mais, là, tout se passa bien. Les trois convives oublièrent un instant la tâche qui les attendait. Hensley sourit deux fois et Sonia une. Ce n'était pas si mal. Au café, ils rediscutèrent un peu de leur plan d'attaque. Tout le monde le trouvait un peu flou mais il n'y avait rien d'autre à faire, alors... Ils fumèrent une cigarette en silence avant de reprendre la route. Cette fois, c'est Louis qui conduisait.

Arrivés aux alentours de Gambais, dans la forêt de Rambouillet, ils stationnèrent près d'un étang où, comme prévu, des hommes de M. Loi les attendaient. Un type descendit d'une voiture immatriculée dans le 61 et proposa à Hensley de prendre les prisonniers en charge, après avoir constaté que celui qui était au volant conduisait sous la menace d'une arme et que l'autre – la fille – était entravée par des menottes. Hensley refusa en laissant entendre qu'il pourrait avoir besoin d'un laisser-passer. Le type haussa les épaules et fit un geste de la main indiquant qu'il fallait le suivre.

Ils roulèrent longtemps, bien au-delà d'Alençon, et Louis commençait à s'impatienter.

– Jamais de ma vie je n'ai autant voyagé, dit-il.

– C'est déjà ça, rétorqua Sonia d'une voix sans accent, froide, indifférente mais terriblement volontaire.

Hensley la regarda. C'était d'elle qu'il se méfiait le plus. Non pas qu'elle lui fît particulièrement peur ou qu'il craignît qu'elle s'effondre au dernier moment. Non, ce qu'il redoutait, c'était le moment où elle se lâcherait. Son sixième doigt avait maintenant complètement poussé. Hensley pouvait presque le voir luire. Peut-être Sonia ne le soupçonnait-elle pas elle-même, d'ailleurs, mais ça, ça n'avait pas d'importance. Ce qui comptait, c'était que tout se déclenche au bon moment, et c'était la seule chose qu'Hensley ne pouvait pas garantir.

Enfin, la voiture guide s'engouffra dans un chemin de terre avant de franchir une grille en fer forgé qui s'ouvrit automatiquement et se referma de même derrière le second véhicule. « Et tout le tralala ! » songea Louis. Il avait l'impression de se regarder à la télé et avait autant d'énergie que s'il était affalé dans un fauteuil en train d'ingurgiter une foultitude d'inepties virtuelles. De toute façon, depuis le coup de la banque, il avait constamment la sensation que toutes ses piles étaient cramées. Les deux véhicules roulaient lentement et Sonia eut le temps d'entr'apercevoir des hommes adossés aux arbres, sortes d'excroissances qu'elle sentait meurtrières et qui les regardaient avec convoitise. Elle en compta un, puis deux, puis dix, puis vingt…

– Dites, Hensley…

– Oui, j'ai vu.

– Et leurs uniformes, vous les avez vus aussi ?

– Oui… J'ai peur de comprendre.

– Et vous comprenez quoi ?

– Que ce cinglé est en train de monter une armée d'abrutis prêts à bondir sur tout ce qui ne leur ressemble pas.

– Ben moi j'ai la trouille, dit Louis, se battre contre

cent individus armés comme s'ils partaient en guerre avec trois revolvers et deux paires de menottes, même truquées, me semble un peu plus dangereux qu'aller faire la causette avec des tarentules.

– Je ne vous connaissais pas cet humour, mon cher Louis. Cela dit, il est vrai que la partie ne va pas être facile… Il faut absolument que nous arrivions tous les trois chez M. Loi.

– Sinon ?

– Eh bien ce sera comme d'habitude : il faudra me faire confiance.

– Ça promet ! dit Sonia.

6

Le matin, à 10 heures, l'info était tombée. Nature et Nation. Groupement associatif de chasseurs. En Suisse normande. Mignard partit tout de suite chercher son patron. Quand il arriva chez lui, le commissaire avait entrepris de se raser. Il était théoriquement en congé mais tenait absolument à accompagner ses hommes en Normandie.

– Ce qu'il y a, c'est qu'arrivés là-bas, je ne sais toujours pas ce que nous ferons, dit Mignard.

Les yeux du commissaire étaient rouges. Son teint était blême.

– Il faudra pourtant bien que vous sachiez ! Je vous suis, mais je ne suis pas sûr d'être très opérationnel. Alors ne me posez pas trop de questions.

– Vous avez pris un café ?... Ça, ça va comme question ?

Degrave s'appuya au lavabo.

– Non. Je n'en ai pas pris... Mais j'en veux bien... Merci.

Mignard alla dans la cuisine et prépara le café.

– De toute façon, cria Degrave, si les choses tournent

comme je le pense, c'est surtout les gars du G.I.G.N. qui vont bosser !

Albuquerque, Swift et Le Platane n'osèrent rien dire à Degrave. Ils lui serrèrent simplement la main. Puis tout le monde prit la route pour Alençon.

Le commissaire s'affaissait un peu plus sur son siège de kilomètre en kilomètre. Mignard le voyait à nouveau vieillir à vue d'œil. Maintenant, Degrave avait des cheveux blancs. Ou plutôt gris. Ou c'était comme si.

– Ça va pas, patron ? Vous voulez qu'on s'arrête ?

– Oui, on va s'arrêter prendre un verre.

Puis il eut un pâle sourire.

– Je crois qu'après cette affaire, je vais devoir démissionner.

Mignard prévint ses collègues qu'ils allaient s'arrêter pour reprendre des forces et leur donna rendez-vous à la gendarmerie qui avait signalé les suspects. C'était là que devaient également se rendre des renforts, au cas où. Mignard avait le sentiment de partir à la guerre avec un général mourant. C'était très inquiétant et très frustrant. Il se gara presque nerveusement devant le premier café qu'ils rencontrèrent.

C'était un vieil établissement. Une personne âgée tricotait derrière le bar, sur un tabouret haut. Elle regarda les deux hommes s'asseoir et leur souhaita le bonjour. Ils prirent chacun un calva. Degrave rompit le silence gêné qui s'était installé entre lui et Mignard.

– Tu vois, lorsque j'ai découvert l'existence de cette cassette, j'ai eu très peur. Non pas pour moi, ni hélas pour ma femme, mais pour mon petit con de fils. Il était en bon chemin pour devenir un parfait salaud, mais il ne serait pas encore allé jusqu'à faire tuer sa mère. Et, j'en suis convaincu, c'est ce qui s'est passé. Il n'a pas voulu dire où était cette putain de cassette. Ou alors je me fais des illusions… j'ai été si longtemps aveugle…, un aveugle qui se fait des illusions, c'est drôle, non ?

– Vous ne me faites pas vraiment rire, commissaire.

– Oui, excuse-moi… où j'en étais ?… Ah oui ! les illusions. Disons que manifestement, il a fait une erreur en piquant cette cassette. Alors, même s'il n'a pas cherché à préserver sa mère, le fait que ces fous sanguinaires soient venus chez moi pour trouver la cassette prouve qu'il a parlé.

– Pourquoi ça ? Je suppose que ce Parti fiche ses adhérents. Ils connaissaient votre adresse.

– Petit Pierre avait quitté la maison depuis quelques jours, et tout le monde devait savoir qu'il nous haïssait… S'ils ont torturé Élisabeth, c'est qu'ils étaient sûrs que la cassette se trouvait là. Ces gens-là sont fous mais ne prennent pas de risques inutiles. S'ils avaient eu des doutes, ils seraient juste venus fouiller l'appartement en notre absence… De toute façon, ils tiennent Petit Pierre, il a trahi, ils réalisent des snuff-movies et, jusque-là, ils tuent toute personne qui se trouve sur le chemin de cette cassette alors…

– Vous croyez que le monteur vidéo, là, Dany…

– J'en suis sûr : il connaissait mon fils et faisait partie de cette bande de sauvages. Pareil pour le patron de café… Tous égorgés ! C'est pourquoi ce contre quoi je lutte, maintenant, ce n'est pas seulement contre ce qui s'est passé hier, mais aussi contre ce que nous allons découvrir. Tu comprends ?

– Je le crains… je crois que je vais en reprendre un p'tit.

– Mettez-en deux, reprit Mignard à l'adresse de la vieille femme qui se levait.

7

M. Loi était en confiance. Le « cadeau » l'avait convaincu. Il ne fit fouiller personne. Par contre, il ne voulut pas voir tout de suite le dessert. Il préférait parler affaires avant. On emmena donc Louis et Sonia dans une cave et les y enferma. Ce n'était pas gagné, mais au moins, ils étaient toujours armés.

Hensley fut invité à entrer dans une pièce de moyenne grandeur, perchée en haut d'une tour. M. Loi, toujours persuadé de la bonne volonté d'Hensley qui, à ses yeux, avait tout remis en ordre, congédia ses gardes du corps. Il sortit un énorme cigare et en proposa un à Hensley qui refusa.

– Je préfère mes cigarettes, dit-il.

Il proposa du feu à M. Loi, avec une allumette, comme il se doit quand il s'agit d'allumer un cigare, en se penchant suffisamment pour voir si le gros homme ne portait pas un holster. Il n'en avait pas l'air. Et pourquoi en aurait-il eu un ? Il était chez lui, dans son fief, et entouré de son armée.

Hensley s'assit confortablement et alluma sa cigarette.

Il était content : la mort de Marco avait vraiment été utile. M. Loi pianotait sur la boîte en fer-blanc, bien en vue sur son bureau.

– Bien… très bien… j'apprécie, murmura-t-il Alors… vous êtes… venu… pour le… partage… ?

– Dans un sens, oui, répondit Hensley en sortant tranquillement une arme munie d'un silencieux.

M Loi était totalement pris au dépourvu. Il dit seulement .

– Je… je… ne… comprends… pas.

– Vous m'avez roulé, monsieur, et je suis très mauvais joueur.

M. Loi plissa les yeux et les fixa sur son interlocuteur. Seule la fumée de son cigare bougeait.

– Un plan très précis avait été mis au point par vous et par moi. Sauf que j'avais organisé un hold-up et vous un massacre. J'ai horreur de voir mes plans changer au dernier moment. Je suis malgré tout d'accord pour partager. Vous aimez les massacres et moi l'argent. Gardez vos cassettes vidéo, je me charge de l'argent. Honnête, non ? Après les risques énormes que vous m'avez fait courir…

M. Loi ne bougeait pas.

– Je vous rappelle que si une cassette vidéo ne fait pas office de preuve pour un tribunal, il n'en est pas de même pour le moindre flic qui mettrait la main dessus.

– Vous… êtes… une… crapule…

– Tttt… Allons, monsieur Loi, n'essayez pas de m'acheter avec des compliments. Où est l'argent ?

– Vous… ne… pourrez… pas… sortir… d'ici…

– Mais si, votre bande d'abrutis ne voudra pas qu'on fasse bobo à son gourou. Où est l'argent ?

– Il n'est… pas… ici.

Ça ne fit qu'un vague bruit sourd mais la balle partit

tout de même et arracha l'oreille gauche du gros homme qui y porta instinctivement sa main.

– Oui, je sais. Normalement, les sommations, c'est trois fois. Mais je suis pressé. Et puis je n'aime pas cet endroit.

M. Loi, déjà énorme, commençait à gonfler sous l'effet de la rage. Lui, quelqu'un à la merci de ce... Comment fait-on quand on n'a pas le pouvoir ? Il balaya la boîte d'un revers de la main.

– Vous... m'avez bien... eu... Qui vous... a dit... pour le... film ?

– Je ne le savais pas. Vous venez de me le confirmer ?

– ... (soupir)...

– Simple déduction. Vous êtes un cinglé. Ça, je le savais depuis longtemps. Tout est possible, avec des gens comme vous. Ce qui m'a mis la puce à l'oreille, c'est le montant du magot annoncé aux infos. Il n'avait rien à voir avec celui que vous m'aviez annoncé et en plus, il était minable. Tout ça pour si peu de fric ? La description du massacre m'a ensuite suffi. J'ai l'habitude de croiser de tels salopards... rassurez-vous, mon imagination n'y est pour rien.

Et une nouvelle balle partit, emportant l'oreille droite.

– Vous remarquerez qu'il ne s'agit pour l'instant que de vagues écorchures... Ah oui, j'ai oublié de vous dire : je ne reposerai plus ma question et ne répondrai plus aux vôtres. La prochaine balle sera pour vos parties dites... « intimes ».

M. Loi tremblait, maintenant. Le sang qui coulait de ses oreilles tachait son costume. Il ne voyait vraiment pas quoi faire. Hensley allait trop vite.

– Là... dans l'armoire..., gémit-il.

– Bien, allez-y.

Le gros homme voulu attraper sa canne pour se lever mais Hensley lui signifia son refus d'un mouvement de tête.

– Allez-y à quatre pattes.

M. Loi soupira mais s'exécuta. À mi-chemin, Hensley lui ordonna de s'arrêter.

– Vous êtes très bien comme ça. J'ai déjà pu constater votre rapidité. S'agit-il d'un coffre ou d'une valise ?

– Valise… ici… je ne… crains… personne.

Hensley ouvrit l'armoire. La valise était là. Posée sur une étagère. Hensley l'inspecta soigneusement, par brefs coups d'œil d'à peine une seconde. Deux minces fils partaient de derrière la valise avant de se rejoindre vers le fond de l'étagère.

– … et au moindre mouvement, boum ! murmura Hensley.

Il se retourna brusquement et tira une troisième balle, dans le coude gauche du gros homme qui s'effondra en gémissant.

– Chut, voyons ! Si vos pantins vous entendent, ils vont rappliquer et je serai obligé de vous tuer. Ce serait dommage : que deviendraient-ils sans vous, ces pauvres petits ?

– Je vous… écorcherai… de… mes… propres…

– Mais oui, c'est ça. En attendant, je commence à perdre patience. Comment ouvre-t-on cette maudite valise ?

– Le… détonateur est… dans le… tiroir de… droite.

Hensley constata qu'effectivement les fils convergeaient dans cette direction. Mais ce n'était en aucun cas une preuve que le détonateur fût bien là.

– Dépêchez… vous… je… je perds… du sang…

– Et alors ? C'est, d'une manière générale, un spectacle qui trouve grâce à vos yeux, non ?

Hensley hésitait. Dans une partie de poker, il y a toujours un moment où l'adversaire dit la vérité. Ce moment-là est aussi important à percevoir que celui où il ment. Mais là, Hensley ne percevait rien. Il s'empara de la canne de M. Loi, accrocha la poignée et s'allongea sur le côté de l'armoire avant de tirer. Au pire, il risquait un gros vacarme. Mais c'était encore lui qui avait le jo.k.er dans son jeu. Il ne se passa rien.

Le détonateur était bien là. Modèle classique. Il le débrancha, prit la valise, la soupesa, et la porta à ses narines. L'argent avait une odeur, celle de toutes les mains dans lesquelles il était passé, et Hensley savait la reconnaître. Il était possible que la valise elle-même soit piégée mais ça, il s'en occuperait plus tard.

– C'est bien, dit-il. Maintenant, vous allez faire appeler mes petits acolytes. Dites « le dessert », et seulement ces deux mots. Je les ai présentés comme ça à vos atrophiés du neurone. Ils comprendront et ça vous évitera de glisser quelque malencontreux message… Non, non, ne bougez pas, je vous apporte l'interphone.

8

Louis et Sonia n'étaient pas mécontents de sortir de cette foutue cave où on les tenait enfermés. Hensley avait-il réussi son coup de bluff ? On les introduisit dans le château et les fit stopper devant une porte encadrée par deux mastards, au bout d'un couloir. Sitôt qu'il furent arrivés près de la porte, Hensley apparut dans le cadre de la porte, avec un sourire de connivence en direction des gardes du corps.

– Merci, je me charge d'eux, dit-il.

Puis il attrapa brutalement Louis par l'épaule. Sonia suivit sans broncher.

À la vue du gros homme au visage en sang qui gisait sur le tapis, Louis comprit qu'Hensley avait gagné la première manche, fit sauter ses menottes et libéra Sonia. La jeune femme sortit immédiatement son revolver et le pointa sur l'homme qui gisait à terre.

– C'est ça, qui est à l'origine de tout ? demanda-t-elle.

– Sonia, ne faites pas l'idiote, répondit Hensley, cet homme…

– Cette chose…

– Cette chose, sı vous voulez, est notre passeport. Sans lui, nous ne pourrons pas sortir d'ici vivants.

– Sortir... Pour aller où ?

– Mais n'importe où ! J'ai l'argent, Sonia. Il est là, dans cette valise !

– L'argent... oui... Et mes amis ? Où sont-ils, mes amis ?

– Arrête, Sonia, renchérit Louis, pense un peu à demain.

– Je suis désolée, mais je regrette trop hier.

Hensley mit en joue la jeune femme.

– Écoutez, Sonia, nous n'avons pas le temps de discuter. Si vous tirez, je vous abats !

– Si vous faites ça, c'est moi qui vous descends, Hensley.

Louis venait de parler. Son arme était également sortie. L'homme à terre gémissait toujours, baignant dans un sang qui n'en finissait pas de couler. Pour M. Loi, c'était fini, mais il espérait malgré tout vivre encore une seconde, deux secondes, trois secondes... C'était là tout son avenir et il le savait. L'immobilité était totale. Un souffle avant le chaos.

– Sonia... De toute façon, il est saigné. Il va mourir. Ça prendra seulement un peu plus de temps. Laissez-le se voir crever. Regardez déjà comme il souffre. Ça vous fait pas plaisir, ça ? Et puis, je vous le répète, nous avons besoin de lui pour sortir d'ici. Après, c'est promis, s'il n'est pas encore mort, je vous le laisse.

– Je me fous de sortir d'ici et je me fous qu'il souffre ou non. Je veux seulement être sûre que cette vermine disparaisse de la surface de la terre.

Hensley commençait à en avoir assez. Il était en train d'envisager les chances qu'il avait de s'en sortir s'il ten tait de désarmer la fille lorsque les événements s'accélérèrent brusquement.

Un des mastards déboula dans la pièce en hurlant : « Les flics ! » Hensley se retourna et le descendit immédiatement d'une balle entre les deux yeux. L'autre dégaina mais connut le même sort que son collègue. C'est ce moment que choisit Sonia pour abattre l'homme à terre. Louis se rua sur la porte pour la refermer. Dans le couloir, c'était la débandade. À l'extérieur, on entendait de plus en plus distinctement le vacarme des sirènes. Hensley regarda la jeune femme et la tint en joue.

– Alors vous l'avez fait ?

– Le sixième doigt, murmura Sonia, c'est le sixième doigt qui l'a fait.

Elle laissa tomber son arme à terre.

– Bon, après tout, maintenant, ça ne changera plus grand-chose.

Hensley regarda par la fenêtre. Dehors, la bataille faisait rage. Les hommes de M. Loi ne s'occupaient plus d'eux. Ils défendaient leur peau. Il n'y avait plus rien à faire qu'attendre l'issue de la bataille. Hensley le savait.

– Et qu'est-ce qu'on fait, maintenant ? demanda Louis.

– On attend les flics.

– On va aller en prison ? demanda Sonia d'une voix sans ton.

– Si vous remettez vos menottes, non.

– Comment ça ? demanda Louis.

Hensley hésita avant de répondre. Ses yeux allaient de Louis à Sonia.

– Hélas pour vous, il faudra encore me faire confiance. Voici mon plan : je suis associé à ces hurluberlus et vous êtes mes prisonniers. Vous n'avez rien fait.

Vous avez voulu fuir et l'organisation n'aime pas ça. Les flics sont intervenus au bon moment. Voilà tout.

– Mais le hold-up ?

– Quel hold-up ? Vous étiez avec moi à la propriété.

– Et qu'est-ce qu'on y faisait ?

– Le ménage et la cuisine. Un couple de serviteurs comme il en existe plein. De pauvres bougres tirés du ruisseau et qui ne cherchaient pas trop à comprendre ce qui se passait. Jusqu'au jour où ils ont découvert le cadavre enterré dans le jardin de la propriété. Alors, ne pouvant plus détourner les yeux, pétris de trouille à l'idée qu'ils auraient pu être mêlés à ça, ils ont tenté de s'enfuir. Je n'ai pas apprécié : je les ai coincés et les ai amenés ici afin de pouvoir les supprimer discrètement. Sans compter que j'avais un patron qui aimait particulièrement « interroger » les gens.

– Et le commissaire ? Il nous a vus, lui… Et de près !

– C'est sûr qu'il me faudra jouer serré. Mais si je me souviens, il n'y a que lui et Oscar, qui vous ont vus. Je veux dire, ils étaient nettement hors du cercle des flics, avec l'ambulance ?

– Oui, répondit Louis.

– Alors avec tout ce que j'ai à négocier, c'est comme si c'était dans la poche.

– Décidément, vous êtes incroyable, dit Louis. Qu'est-ce que tu en penses, Sonia ?

Les coups de feu diminuaient. Hensley regarda par la fenêtre. Les hommes de M. Loi lâchaient leurs armes.

– Pressez-vous, dit Hensley

– Et pourquoi feriez-vous ça, monsieur Hensley ? demanda Sonia de sa voix sans ton.

Maintenant, c'était le silence. Hensley regardait toujours par la fenêtre.

– Tiens, le commissaire Degrave, murmura-t-il. Il n'a pas l'air en bonne forme. Décidez-vous vite. Ils ne devraient pas tarder à arriver.

Des hommes couraient dans le couloir. Louis jeta son arme et rattacha Sonia. Elle se laissa faire, indifférente – « j'aurais quand même aimé savoir pourquoi », dit-elle seulement –, et le clic-clac des menottes se fit entendre à l'instant même où la porte s'ouvrait.

Épilogue

Henri lavait des verres. Une fois de plus. Il se disait qu'il avait pensé à tout quand il s'était décidé à acheter son café, sauf à la quantité de verres qu'il aurait à laver tous les jours. Trois clients jouaient aux dominos, à une table. Ils en étaient à leur troisième verre. Trois fois trois, neuf. L'apéro. Quinze au comptoir. Tournée sur tournée. On en arrivait vite à plus de cinquante verres à l'heure. Sans compter les tasses à café… Il faudrait bien qu'il achète un jour ou l'autre la machine à laver qu'il venait de refuser au représentant. Une petite machine qui s'encastrait parfaitement dans le bar. Elle tournait entre cinq et dix minutes et hop ! Il n'y avait plus qu'à essuyer les verres (le programme de séchage pompait tout de même un peu trop d'électricité).

Quand Paul Degrave entra dans le café, Henri le reconnut tout de suite. Sauf que contrairement à la dernière fois qu'il l'avait vu, c'était son café qui était nickel et le commissaire qui était complètement saccagé.

Degrave, en effet, portait toujours son imperméable, mais il était crasseux. Sa veste était fripée et son pantalon sévèrement élimé. Henri ne savait trop que dire à cet homme qui avait si longtemps fait parler de lui à la télévision. On l'avait d'abord ridiculisé, puis, une fois toute l'affaire résolue, car enfin il avait trouvé les coupables des deux hold-up, cette clique de jeunes extrémistes et leur gourou, on l'avait encensé. Depuis, on disait qu'il avait démissionné. Et cet homme était là, maintenant, qui puait le mauvais vin et vous lançait des pierres noires avec les yeux.

Henri se dit que le mieux était de faire comme si de rien n'était et de parler de l'affaire qui les avait fait se rencontrer.

– Alors, ces gamins, vous les avez retrouvés ?

Degrave eut un mauvais sourire.

– Un Ricard, s'il vous plaît, et bien tassé ! C'est quoi, votre métier, servir des verres ou poser des questions ?

Henri émit un long sifflement.

– Monsieur prend bien mal les choses. Je vous demande ça, c'était juste pour savoir si j'avais bien fait de pas porter plainte… comme vous me l'avez suggéré.

– Moi, je vous ai suggéré ça ?

– Que oui… Vous étiez même paré à me ranger dans la case des « vieux-beaufs-cons-prêts-à-exiger-la-peine-de-mort-pour-le-vol-d'un-sac-à-main ».

– Vous voulez dire qu'on se connaît ?

– Enfin, vous ne vous souvenez pas ? L'homme qui maniait les guéridons comme des battes de base-ball ! Paulette Goddard !

Degrave se remémora enfin toute l'histoire.

– Oui, oui, oui, oui… bien sûr… Je m'en souviens, maintenant… Henri, c'est ça ?

– C'est ça.

– Eh bien oui, finalement, je les ai retrouvés…

– Et que sont-ils devenus ?

Degrave hésita un moment. Puis il dit d'une voix grave :

– Deux d'entre eux sont morts… L'affaire du double hold-up.

– Ah merde ! Ils faisaient partie des victimes ?

Degrave hocha la tête.

– Oui. Les deux autres s'en sont finalement pas trop mal sortis.

– Quels deux autres ? Ils n'étaient que trois.

– M'interrompez pas. Vous avez pas vu le quatrième, c'est tout. Lui et la fille ont fini par s'en sortir… Enfin, s'en sortir… Finalement, je crois que vous auriez mieux fait de porter plainte. On les aurait peut-être retrouvés et ils auraient pas été dans cette merde… Oui, toute cette merde…

– Mais qu'est-ce que vous racontez, là ?

Degrave n'entendait plus Henri. Il était reparti trois mois en arrière. La découverte du corps de son fils, l'interrogatoire d'Hensley, le démantèlement de la N.N., la libération de Louis et Sonia… puis le désert complet.

Élisabeth et Petit Pierre avaient été enterrés en même temps. Toute la vie de Paul Degrave tenait dans un seul trou. Les journalistes, sous couvert de neutralité, ont refusé de faire le rapport entre l'extrême droite française et la N.N., qu'ils se sont empressés d'assimiler à une secte nazie pour éviter de choquer qui que ce soit. Les partis fascistes ont donc cartonné aux élections, réunissant leurs quinze pour cent de Français nostalgiques de la barbarie des temps anciens ; des milliardaires complètement tapés ont continué à se branler devant des films où les gens meurent pour de vrai et un tas d'affalés du neurone ont continué à prétendre que droite, gauche, riche, pauvre, tout ça c'était la même chose et que c'était pas la peine de lutter ou de voter pour ou contre qui que ce soit.

Après l'interrogatoire qu'il fit subir à Hensley, Paul Degrave fut expulsé de la police.

Tout le monde s'accorda pour dire que la découverte de son fils réduit à un tas de chairs putréfiées et de sa femme égorgée après avoir été torturée avait fait perdre les pédales au commissaire Degrave.

Tout le monde admit également qu'il ne pouvait en être autrement. Cependant, l'administration n'autorise le massacre de ses administrés par les fonctionnaires de police que dans certaines limites. Et ces limites avaient été largement dépassées.

Degrave ne se calma que lorsqu'il comprit qu'Hensley faisait tout pour innocenter les deux boucs émissaires. Mais il était trop tard. Et malgré tous les efforts que Mignard fit pour le réhabiliter aux yeux de sa hiérarchie, on jugea le commissaire inapte à continuer d'exercer son métier.

Au cours de cet interrogatoire, Hensley perdit un œil. Rendu coupable de complicité dans les deux hold-up du 3 septembre, il fut condamné à dix ans de réclusion criminelle.

Il ne s'ennuya pas.

Tous les quinze jours, on venait l'interroger, comme témoin, sur d'anciennes affaires. Des affaires qu'il connaissait bien mais dont il affirmait tout ignorer. Il franchit néanmoins souvent la mince frontière qui sépare le témoin du mis en examen. Des années de procès l'attendaient.

Henri observait Degrave. Il semblait avoir vieilli de dix ans.

– Commissaire…

Degrave tourna les yeux vers son interlocuteur :

– Je ne suis plus commissaire… Ça ne se voit pas ?

Il tendit son verre vide. Henri le remplit à nouveau.

– Oui, c'est vrai, j'ai entendu dire ça… Que s'est-il passé ?

– Rien… Mais je n'ai pas fini de répondre à votre question de tout à l'heure. Louis a disparu… Mais c'est vrai que celui-là, vous l'avez pas connu… Sonia, la dernière fois que je l'ai vue, elle était adossée à un arbre… Elle comptait les poissons morts que charrie le fleuve… Je ne lui ai rien dit… Si vous voulez, je peux vous dire où c'était.

– Et pourquoi faire ?

– Ça, je ne sais pas.

Degrave vida son verre et se leva. Il marcha en titubant légèrement vers la porte, l'ouvrit, et posa un pied sur le trottoir. Tout à coup, il se retourna.

– Ou alors pour…

– Oui ?

– Non, rien…

Degrave ferma la porte et partit.

Pensif, Henri nettoya le verre et le mit à sécher.

Dans la même collection

Bolya, *La Polyandre*
Bolya, *Les Cocus posthumes*

Patrick Boman, *Peabody met un genou en terre*
Patrick Boman, *Peabody se mouille*

Thierry Chevillard, *The Bad Leitmotiv*
Thierry Chevillard, *Dolores Escudo*

Velibor Čolić, *Mother Funker*

Thea Dorn, *La Reine des cerveaux*

Stella Duffy, *Beneath the Blonde*
Stella Duffy, *Les Effeuilleuses*
Stella Duffy, *Déferlante*

Anthony Frewin, *London Blues*
Anthony Frewin, *Lee Harvey Oswald, affaire classée*

Gina, *Définitif Paradis*

Frédéric Godefroy, *Les Crapules de Courtson Cave*

Sparkle Hayter, *Les filles n'en mènent pas large*
Sparkle Hayter, *Les filles sont trop gentilles*

Sparkle Hayter, *Les filles règlent leurs comptes*
Sparkle Hayter, *Le Dernier Macho Man*

Frédérick Houdaer, *L'Idiot n° 2*

Armand Julia, *Fatima et les nez-de-bœufs*
Armand Julia, *Ad patres*

François Muratet, *Le Pied-Rouge*
François Muratet, *Stoppez les machines*

Achille F. Ngoye, *Yaba Terminus*

Philippe Thirault, *Hémoglobine Blues*
Philippe Thirault, *Heureux les imbéciles*
Philippe Thirault, *Speedway*

Marc Villard, *Retour au Magenta*

À paraître :

Patrick Boman, *Peabody secoue le cocotier*
Stella Duffy, *Chair fraîche*
Sparkle Hayter, *Les Filles du Chelsea Hotel*
Kenji Jasper, *Noir*

Impression réalisée sur CAMERON par

BUSSIÈRE CAMEDAN IMPRIMERIES

GROUPE CPI

à Saint-Amand-Montrond (Cher)
en octobre 2002

Dépôt légal : janvier 2002.
Numéro d'impression : 024572/1.

Imprimé en France